徳 間 文 庫

月に呼ばれて海より如《き》来《た》る

夢枕　獏

徳 間 書 店

目次

五億年前、月は、生命をその最初の住処である海より呼び出し、まだ誰もいない陸地へと導いた。

――アーサー・C・クラーク

序　象

——月によりて生ずる古き山の頂《いただき》の宝物《ほうもつ》

1

ごう、とまた鳴った。

頭の上であった。

寝袋の中で、麻生《あそう》誠《まこと》は身体を強張《こわば》らせた。

近づいてくる。

頭の上で鳴ったはずなのに、その音が近づいてくるのは背中からだ。低い轟《とどろ》きが大きくなってくる。地の底から近づいてくる、獣の声のようだ。

びくん、と身体が震えた。

音が止まっていた。

もう少しで、寝袋《シュラフ》のファスナーを引いて、起きあがるところだった。ナイフを握った右手がじっとりと汗ばんでいる。爪先も膝も、手の甲も冷たいのに掌《てのひら》だけが熱を持っている。

頭上でおこった雪崩《なだれ》が、途中でやんだのだ。

雪崩の音がやむと、あとは、テントのカバーにさらさらと触れてくる雪の音ばかりであった。

深い山の静寂が、しんしんと圧力を増してくる。

標高六七〇〇メートル。

天に近いその場所では、その圧力は、岩や雪や土が放つ山の気配というよりは、どこか違うもののようであった。肉の奥に潜んでいる裸の麻生を、宇宙の虚空がそのまま押し包んでくるようであった。

聴こえているのは、自分の心臓の音だ。

腕時計の音も聴こえている。

そして、自分と同じように、やはり隣の寝袋の中で起きているはずの、木島《きじま》透《とおる》の呼吸音。

小さくささくれた、気管にひっかかるような音だ。

肺水腫《はいすいしゅ》――。

肺に、水が溜りかけているのである。

ごう、とまた雪崩が鳴った。

こんどは足の下だ。

かなり大きなやつだった。

降り積もった雪の重さに耐えきれず、氷河のデブリごと崩れたのだ。

長く、その音は続いた。

その音が、背中の向こうの闇に遠ざかってゆく。

止まった。

おそらく、三百メートルほど下方のデブリの頭が崩れ、いっきに二千メートル下のモレーンあたりまで届いたに違いない。

いや、もう、氷河の造りあげた岩石の堆積場であるモレーンも、雪に覆《おお》われているはずだった。

〝ベースキャンプは無事だろうか〟

麻生は思った。

そのモレーンの途中に、ベースキャンプがあるのだ。

そこに、伊藤宗明《いとうむねあき》と、川辺治《かわべおさむ》がいる。

途中に、無人の第一キャンプ、第二キャンプがあり、麻生のいるこのテントが第三キャンプである。

四人の小さな隊であった。

伊藤が学生で、二十三歳。

川辺が二十六歳。

木島が麻生と同じ二十七歳であった。

川辺も木島も、この隊に参加するまではサラリーマンだった。勤めをやめて、この遠征に加わったのだ。

たった四人のメンバーであった。

その四人で、ネパールヒマラヤの登頂を企てたのである。

普通、準備期間を入れて、遠征には五カ月かかる。

荷造りやら、手続きやら直接の準備期間だけで二カ月はかかるのだ。

残り三カ月が、現地での遠征期間である。

――マチャプチャレ。

それが、四人がねらった頂《ピーク》を持つ山の名前であった。

原地語で〝魚の尻尾〟という意味だ。

その名の通り、魚の尾の形をした双つの頂を持つ山である。

標高、六九九三メートル。

標高そのものは、エベレストやマナスル、K2などの八〇〇〇メートル峰には及ばないが、マチャプチャレは、アンナプルナ山群でも、その形状が独特な異峰なのだ。

独立峰である。

日本で言えば、富士山のように、単独でひとつの山塊を形造っているのである。

マチャプチャレまでの行程中、首都のカトマンズから車で行けるのは、わずか一日だ。

あとは、一カ月近く、ベースキャンプの設営地までキャラバンをせねばならない。

身体の機能を、高度に順応させるのにも、そういったキャラバンは必要であった。

どういう登り方をするにしろ、普通のサラリーマンが、休める期間の限界を超えていた。

誘ったのは、麻生と木島である。

皆、同じ大学の山岳部のＯＢだった。

伊藤だけが在学生である。

川辺も木島も、ヒマラヤに憧れながら、結局、その夢を果たせなかった男たちである。

他にもそういう男たちがまわりにいた。

三流の大学の、弱小の山岳部であった。

麻生だけが、卒業後も、就職せずに、山に入って、山小屋で働いた。

時々、東京にもどってきては、木島や川辺と酒を飲んだ。

飲んでいるうちに、木島と麻生とで話がまとまった。

「行きてえよなあ」

安い飲み屋の天井を見あげて、木島がそう言った。麻生が、いずれ、単独でどこかのヒマラヤのピークを攻めてみるつもりだと話している最中であった。

木島は、天井の向こうに、白いヒマラヤの峰を見ているようであった。

木島は、身体がなまってきているんだと言った。

「一度も自分を試さないうちに体力だけが失くなってゆくんだ。何もやらねえうちにさ――」

その時、まだ木島は二十六歳だった。

「それがこわくてなあ」

四年間のサラリーマン生活で、こんなに贅肉《ぜいにく》がついたと、木島は自分の腹をつかんでみせた。

木島は、二年前に結婚をしている。

三歳年下の小夜子《さよこ》という女だった。

子供はない。

「おれも連れていけ」

木島が言った。

「勤めは?」

「やめる」

「やめる?」

「ぶん殴ってやりたい上司がいる。前からぶん殴ってやめてやるつもりだったんだ。ちょうどいい」

「小夜子さんは？」

麻生が訊くと、なんとかするよと、木島は言った。

その話を聴き込んで、川辺と伊藤が加わった。

そして今、麻生は、木島と、C3――キャンプ3《スリー》のテントに閉じ込められている。

第三キャンプに入ってから、八日目の晩であった。

入った日から降り始めた雪が、やむ気配がないのである。

第一キャンプから、空いた第二キャンプに入る予定だった伊藤と川辺が、三日目に、とりあえずベースキャンプに下りた。

最後に無線で連絡を取り合ったのは、彼等がベースキャンプに着いた日の夕刻であった。

最初の雪崩が襲ったのは、その夜半であった。

麻生と木島が眠っているテントを、いきなり、何かの塊りが叩きつけてきた。

空気が破裂したような音がして、どっとテントがゆらいだ。次の瞬間に、石のような雪が、ざんざんと空気と共にテントにぶつかってきた。

まるで、数人のヘビー級のボクサーが、テントに向かっておもいきり拳で殴りつけてきているようであった。

麻生は、寝袋の中で頭を抱えた。

——来る。

そう思った。

俯《うつぶ》せになり、頭を両肘と両拳でかばった。

木島は、声をあげてテントの中で立ちあがっていた。

叫んでいた。

麻生が顔をあげて見ると、木島が顔をひきつらせてテントの天井を押さえていた。

「馬鹿、伏せろ」

麻生は叫んだ。

しかし、木島にその声は届いていなかった。

「天井を！」

「危ない！」

ふたりで何かを叫び合っているうちに、ふいに、音がやんだ。

時間にして、十数秒であろうか。

はっきりした時間経過は麻生にもわからない。

数秒であったのかもしれないし、一分以上続いたのかもしれない。

気がついたら、テントが半分潰れ、倒れた木島と、麻生は顔を見合わせていたのである。

雪崩が襲ったのだ。

雪崩の先端は、圧縮された空気の塊りである。

雪崩が来る場合は、最初は、その空気の塊りがぶつかってくる。その空気の中には、石や雪の塊りが混じっている。

言わば、爆風である。

信州の黒部に、ホウ雪崩というのがある。

毎年おこる大きな雪崩で、その雪崩が斜面を雪崩れ落ちると、谷の底でその雪崩が止まっても、谷底でさらに空気が圧縮され、上に向かって爆発する。対面する谷の斜面の森が、その爆風で、根こそぎ一面に倒れてしまうことがよくあるのだ。

それがホウだ。

しかし、斜面の途中では、その風圧は、ただ駆け抜ける。

その次の瞬間に、本体がぶつかってくるのだ。

本体といっても、このヒマラヤクラスの雪崩は、強烈である。

頂上直下で始まったものが、いっきに数千メートル下まで雪崩れ落ちる場合も少なくない。

雪といっても、氷河でのそれは、氷だ。石と同じである。

小さなビルひとつぶんの雪の塊りがいくつも、重なり合い、さらに周囲の雪を引きさらって、巨大な奔流《ほんりゅう》となってぶつかってくるのだ。

立ちあがってテントを押さえていようが、いくら伏せて頭をかばっていようが、巻き込まれれば、死しかない。

その本体が、テントの上二百メートルあたりで止まったか、向きを変えたのだ。

それで、勢いのついた、雪を大量に抱え込んだ雪崩の先端の空気の塊りが叩きつけてきたのである。

麻生は、木島と、潰れたテントの中で靴をはいて、外へ這《は》い出した。

ヘッドランプの灯りで、テントを見た。

よく生きていたと思うくらい、テントはひしゃげていた。

もし、テントが雪崩の爆風で飛ばされていたら――。

テントの周囲に雪が積もっていたのが逆に幸いしたのであった。

ふたりで、降り積もる雪の中で、雪を踏み、テントを設営しなおした。

平地や日本の山では何でもないその作業が、この六七〇〇メートル地点では重労働になる。

平地よりも、酸素の量が、半分以下になっている。

運動能力は、平常の半分以下だ。

その作業の間中も、周囲では、雪崩の音が続いた。

上で、横で、下で、あらゆる場所で雪崩の音がする。

白い、闇の中だ。

周囲を包んでいるのは、こやみなく天から降《お》りてくる雪の群だ。

自分の肉体が、天の一角にぽつんとただ在るだけのような気さえする。

作業を終えて、寝袋《シュラフ》の中に潜り込んだ時には、互いに口を開く気力もなくなっていた。

しかし、明日には、と思う。

明日には、また数日前のように晴れるはずであった。いつもの年であるならば――。

翌日、テントの外へ出て驚いた。

テントの左横八メートルあたりから先の風景が、一変していたのである。

そこを、雪崩が駆け抜けて行ったのだ。

それまであった凹凸《おうとつ》が消え、ざくざくとした、遥か下方まで続く雪の斜面になっていた。

その上にも、雪は積もってゆく。

いったんは、崩れて、元の灰色の氷河の地肌をさらけ出したに違いないその上にも、今は、白く雪が積もっていた。

強い風が、時たまある他は、これといった風のないのが奇跡のようであった。

そして、その朝、ベースキャンプと交信をしようとした時、無線機の壊れていることがわかったのであった。

それから、五日が経っているのだった。

寝袋の中で、麻生は、ナイフを握りなおした。

足には、靴をはいて寝袋の中に潜り込んでいる。

もし、雪崩に巻き込まれた場合の気休めのためである。

その雪崩が、仮に小さい崩れであった場合、もしくは大きな雪崩の端であった場合、雪に埋もれても、生きている可能性があるからである。わずかな可能性だ。万分の一の可能性であろう。

しかし、その万分の一の可能性でもし生きていた場合、顔の周囲に両腕で空間を造っておけば――それすらも偶然に近いのだが、その酸素を呼吸し、雪の下で、二十分ほど、人間は生存できるのである。

しかし、そうして生存していた場合でも、その人間の上に積った雪が、二十センチ以上ある場合は、まず、脱出は不可能だ。

素手であれば、二十センチ以下でも無理である。

身動きはまずできないであろうし、骨折などの怪我をしていることも考えに入れねばならない。

さらに、雪と自分の間に、テントの布地があったら、脱出は完全に不可能だ。しかし、その手にナイフを握っていれば、なんとかテントを裂き、雪を掘り、少しずつ手の動ける幅を広げていって、抜け出すこともできるのである。

しかし、抜け出した後、靴をはいていなければどうなるか。すぐに足は凍傷になり、どのみち生命はない。死を、少し先へ延ばすだけのことだ。

だから、靴をはいているのである。

内側に、フェルト製の靴が入っている二重靴である。

たったそれだけの可能性ですら、すがりたかった。

生きるためのあらゆる努力はするつもりだった。

シュラフの、自分の呼吸の当る部分が、白く凍っている。

マイナス三十度以上になっているはずであった。

唯一の暖房器具は、自分の体温である。

その体温を逃さないことが、生存への鍵であった。

しかし、体温を保つためには、体力がいる。

その体力を保つためには、食料がいる。

その食料が尽きかけていた。

もともと、七日分の食料しか、この第三キャンプにはない。

最終キャンプである。

もし、風か何かで二、三日このテントで足止めをくっても、好天にさえなれば、頂上までのアタックは、日帰りでできるはずであった。

あと、高度差にして、三百メートルもないのだ。

ナイフリッジの危険な尾根と、急斜面がある。その垂直に近い斜面は、アイスバーンになっているであろうが、氷雪の技術は、麻生も木島も充分であった。

決して、不可能なアタックではないはずであった。

しかし、この雪であった。

雪は、絶え間なく降り続いた。

季節風《モンスーン》の時期は過ぎたはずであった。

九月の後半から十月の中旬にかけて、ネパールヒマラヤ一帯は、好天にめぐまれるはずであった。

季節風の間に、毎年奇跡のようにおこるプレモンスーン期と、このポストモンスーン期には、ヒマラヤの頂《ピーク》ハンティングには絶好の日々が続くのだ。それまで降り続いた雨が、嘘のようにやむ。

日本の梅雨よりも、その境目ははっきりしている。

そのはずであった。

現に、ベースキャンプを設営した時には、肌を焼くほどの陽差しであった。

空は、黒ずんで見えるほど青かった。

宇宙の色が、その青のすぐ向こう側に透けて見えそうだった。

四五〇〇メートル地点のそのベースキャンプまでは、高度順応も、全員がうまくいっていたのだ。

ベースキャンプの石小屋を造るにも、呼吸を乱さなかった。

できあがった石小屋から見あげた時、

ついに――

と思った。

ついにやってきたのだ。

マチャプチャレの双つの純白の高峰が、青い天に反りあがるようにして、そびえていた。

あの頂を、この足で踏んでやるのだと思った。

見ているだけで、痛いほど胸が切なかった。

それほど焦がれていた山だったのだ。

六年前、ジョムソン街道を歩きながら見た山だ。

あの時、天の一部のように見えていたあの頂が、今、眼の前にあるのだ。

白い頂から、雪煙が、西の蒼空に吹きあげていた。

マチャプチャレの頂は、ジェット気流の中にあるのだ。

おそらく、風速にして、四十メートルから六十メートルはあるであろう。下から見ると、雪煙は、頂にひっかかった、斜めの白い霧のようにしか見えないが、その中がどんな状態かは想像できる。

あの雪煙の中に雪尾根に人がいれば、雪にへばりついたまま、身動きさえできないに違いない。わずかでも雪と身体との間に隙間ができると、そこに風が入り込んで、身体が宙に浮きあがる。そのまま、風は、その登山者の肉体を虚空にひきさらってしまうのだ。

不安材料は、ただ、その雪煙くらいであった。

その雪煙も、二日後には消えた。

夜はもの凄い星空になった。

その天候が、第三キャンプに入った途端に嘘のように崩れた。

——しかし。

山の天気の変わりやすいのは、たとえポストモンスーン期であろうと同様である。一日か二日は雪が降ったとしても、その翌日は晴れるはずであった。

しかし、二日経っても、三日経っても、雪はやまなかった。

明日は、明日は、と思いながら、三日目の晩に、雪崩が来たのである。

それからさらに五日、雪が降り続いた。

第二キャンプまで、引き返すことはできない。途中に、雪崩の巣のような斜面のトラヴァースがあるのだ。そのトラヴァースで二時間はかかる。

首までである雪のラッセルをしながらだと、その三倍は時間がかかろう。

視界は利かないであろうし、目印に立てておいた旗も、全てが流されたか、雪の下だ。

テントは、流されていなくても、雪で潰れているはずだ。

それを掘り起こす体力があるか？

また、雪崩の音がした。

遥か上方の、天のどこかで始まった音が、近づいてくる。

遠くで聴く、低いジェット機の飛行音に似ている。

その音はすぐにやんだ。

また、ナイフを強く握り締めていた。

あの音を聴くと、すぐにナイフを握り締めてしまう。

浅い眠りだった。

ほとんど眠れない。

その浅い眠りの中で雪崩の音を聴いていると、その低い雪崩の音の中に、自分の身体が浮遊しているようであった。

灰色の果てしない闇の中に浮いている自分の姿が、脳裏に浮かぶ。

左側から、雪に押されていた。

テントの周囲に積もった雪が、テントの布地を押しているのである。

外へ出て雪を掻《か》かねばならない。

昼、それをさぼったためのつけが、夜になってまわってきたのだ。

テントの上に積もってくる雪を、四時間に一度ずつは、内側からテントを押して、落とさねばテントが潰れてしまう。そして落とした雪が、テントの周囲に溜っている。

おい、
と、木島に声をかけようとして、麻生はやめた。

声をかけたら、雪を掻く作業をやらねばならないからだ。

もう五分、このままでいたかった。

腹が減っていた。

残っている食料は、せいぜい二日分だ。

七日分の食料を、この八日間食い伸ばして残った二日分であった。

二日分とは言っても、普通の日の一日分にも満たない。

最初から、八日間も雪がやまないことがわかっていれば、もう少し食料を残すこともできたのだが、それはこうなったから言えることであった。

麻生は、残った食料のリストを、頭の中で数えた。

日本から持ってきた餅が四枚。

インスタントラーメンがふたつ。

乾燥野菜がわずか。
レモンが二個。
紅茶のパックが三つ。
砂糖が少し。
チョコレートが一枚。
甘納豆がひと握りほど。
飴が十粒。
干し肉が少し。
肉の缶詰がひとつ。
ジャガイモが二個。
醤油。
塩。
ビタミン剤。
抗生物質。
他には、ない。
あるのは、外にあるあり余る雪だ。
水を飲むにさえ、外に出て雪を取り、それをコッフェルに入れ、ラジウスで溶かさねばならない。この寒さの中で、雪を直接食べるわけにはいかなかった。

体温を奪われるからだ。

第二キャンプには、まだ食料がある。

しかし、そこまではもどれない。

もどれたとしても、雪の中からテントと食料を掘りおこす力が残っているかどうかだ。

「おい……」

麻生は、木島に声をかけた。

「なんだ」

木島が答えた。

「テントの雪を落として、雪をのけてくる」

「おれも行く」

「おまえはいい。寝ていろ――」

「行く」

答えた木島の吐き出す息で、肺が音をたてた。

肺に水が溜り出しているのだ。

高山病の、最悪の状態である。

ふっと、黄色い光がテントの中で点《とも》った。

麻生がヘッドランプを点けて、上半身を起こしたのだ。

その光の中に、木島の顔が浮きあがった。

光が直接木島の顔に当らないように、光を上に向けてやる。

木島の顔が、青黒くむくんで、丸くふくれあがっていた。

典型的な高山病の症状であった。

——高山病。

気圧が低くなり、酸素が薄くなるためにおこる病気である。

初期の症状では、頭痛がある。

それから吐き気。

食欲の減退。

体力の低下。

脱水症状。

日本の三〇〇〇メートル級の山でもそれ等の症状はおこる。

日本では、高山病とは言っても、まずそれで死ぬようなことはない。

しかし、山小屋や登山道の完備された日本の山ではなく、ヒマラヤであっては、それは致命的だ。

ものが喰えなくなれば、五〇〇〇メートルを超えた場所で、どうにもなるものではない。

普段、自分の肉体の抱えている弱い部分にも、症状が現われるのだ。いつもは痛くない虫歯などもふいに激しく痛み出したりする。

最後には、顔がふくれ、肺に水が溜って呼吸の度にごろごろと肺が音をたてる。

そうなったら、まず、助からない。

治療法は、唯一、高度を下げることだけである。しかし、高度を下げるのは、自分自身の足——体力である。

その体力が、なければもう駄目だ。

他の隊員は、自分の肉体と、食料やテントを背負っている。それからさらに、ひとり分の人間の重さを背負って動ける場所ではない。

他人を抱えて、この高度でアイスバーンのトラヴァースなどは、できるわけはない。

荷物としてあつかえる死体ですら、置いてこなければならないのだ。

麻生と木島がいるのは、そういう世界なのだ。

無線が使えても、ヘリを呼べる高さではない。

ネパールのヘリがやってこれるのは、せいぜい四〇〇〇メートルの高さまでだ。

麻生と木島は、しばらく互いの顔を見つめ合った。

「ひとりでやる」

麻生は、木島の肩を叩いた。

木島は無言で、顎《あご》を引いた。

動けるわけはない。

外へ大小便に出るだけで、やっとの状態なのだ。

五日前の晩、雪崩の爆風を受けてから、それまで元気だった木島に、急に高山病の症状が出始めたのである。

六〇〇〇メートルを超えた標高にあっては、人間は、眠っているだけでも、体力を消耗してゆく。動かずにいることも、疲労することなのだ。麻生と木島のいる場所は、そこよりもさらに七百メートルも高い。

症状が出始めると、その進行は早かった。

雪を掻き、食事を造り、大小便にゆくというそれだけのことが大仕事になる。雪をのけるという作業が特に木島にはこたえたのだ。

木島にも、自分に何がおこっているかはわかっている。

自分の肉体の状態を一番よく知っているのが本人の木島だ。

雪を掻いて、ぶっ倒れたら、テントの中に麻生が木島を運び込むだけのことが、人仕事になる。

靴や羽毛服についた雪をきちんと落とすだけの作業も、食料を充分に腹に入れてない麻生にはわずらわしいはずであった。木島よりは軽いが、麻生にも高山病の症状は出ているのである。

だから木島は黙ったのだ。

麻生は立ちあがった。

内側からテントを突きあげ、雪を落とす。

ざっと、大量の雪がテントの周囲に滑り落ちる。

ふいに、さらさらという雪の音が、大きくなった。

雪がとれて、降ってくる雪が、また直接テントの布地に当り始めたのだ。

苦労して外へ出た。

雪が、白い。

灯りに照らされた雪は、哀しいほどに白かった。

ヘッドランプの灯りの中を、点々と雪が落ちてゆく。

雪に、スコップを突っ込む。

表面に十五センチくらいは、すぐにスコップが潜り込むが、そのすぐ下に、凍って堅くなった雪の層がある。

こういう層が、ある時、ずるりとずれて、ふいに斜面を落ち始めるのである。

雪崩になる。

テントが張ってあるのは、氷河の上だ。

無数のクレバスを、来る時に見ている。

一年間に、二メートルというわずかな速度で動いている氷の河だ。その河の源は、山の頂よりもさらに上の天である。そこで造られた雪が、山頂に落ち、それが氷の河となって流れ出すのである。

表面は白い灰色をしている氷河も、クレバスの奥は、暗い美しい蒼《あお》をしていた。

もしかしたら、このテントも、そういうクレバスの上にあるのかもしれなかった。

クレバスの縁に積もった雪が左右からかぶさって、スノーブリッジを造り、すっかりクレバスの割れ目を隠したその雪の上に、このテントはあるのかもしれないのだ。

その深い空洞に、いきなりテントごと落ちるかもしれないという不安が、麻生の腹の底には常にある。

この足の下の雪が、さらに深い場所でどうなっているか、それが、ただの人間にわかろうはずもなかった。

スコップを使うと、たちまち息が切れた。

咳が出る。

冷たい大気を呼吸しているため、常に喉と肺を痛めて、小さな咳が止まらないのだ。

凍ったシャーベット状の痰《たん》を、麻生は雪の上に吐いた。

それをスコップですくって、放り出す。

すでに、周囲の雪はテントよりも高くなってしまっていた。

凄い雪だった。

スコップでのけるそばから、無尽蔵に天から落ちてくる。

天を相手に闘っているようなものであった。

人の力などなにほどのこともなかった。

自分たちが生命を寄せているテントなど、この雪の中にあってはちっぽけなゴミであった。

ふいに、麻生はスコップを放り投げたくなった。

いずれこの場所にも雪崩は襲ってこよう。

いつ来てもおかしくはないのだ。

それだけの量の雪が、この上の灰色の闇の奥に溜っているのである。

今まで、来なかったのが奇跡のようなものだ。

もし雪崩が来たら、このような雪をのける努力も、食料を喰いつないで生き延びてきた意味も何もない。

その衝動に、麻生は耐えた。

小さな火が、肉の中に点っていた。

頭の中に、あの、蒼白に浮いた白い頂が浮かんでいた。

あそこまで行くのだと、麻生は思った。

何故、そんなにまで、あの場所に憧れるのかと、麻生は思った。

スコップを動かし始めた。

虚空のただ一点でしかない頂――ただひとつの場所。

どのような山にも、たったひとつしか存在しない、天に一番近い場所が、その頂なのだ。

ガキの頃から、ただそのことだけに憧れていたように思う。

天に近いその場所を踏むことに、胸をときめかせてきたのだ。

――何故？

わからなかった。

わかっているのは、マチャプチャレの頂上が、いまだに未踏峰であるという、そのことであった。

その頂を踏みたかった。

麻生も、木島も、ネパールは初めてではない。

学生時代に、一度、トレッキングに来ている。

しかし、トレッキングは登山ではない。

少なくとも、頂《ピーク》をねらうためのものではない。

ヒマラヤの山麓にある村から村へ、谷を渡り、いくつもの峠を越えながら歩く旅行《キャラバン》がトレッキングである。車など通らない山の道だ。

ネパールという国の道のほとんどが、そういう車の通らない道なのである。

シェルパとポーターをつけての、ヒマラヤの高峰を眺めながらの旅だ。

その時歩いたジョムソン街道から、初めて麻生も木島も、マチャプチャレを肉眼で見たのである。

その頂のすぐ真下まで、今、自分は来ているのだ。

スコップを使いながら、麻生は、自分の肉の中の、小さな炎を見つめていた。

二時間かかっていた。

スコップを、テントの横の雪の上に差した。

動くのをやめると、たちまち、汗が冷たく肌に張りついてくる。

テントの前で、白い雪の中に、濃い、黄色い小便をした。

少ししか出なかった。

這いずるようにして、テントの中にもどった。

テントを圧していた雪がどけられ、テントがふくらんで広くなっていた。

「すまん」

肺を鳴らして、木島が言った。

「これで朝まではいいはずだ」

雪を、入口のテントとフライシートの間に落としながら、麻生は言った。

寝袋の中に、やっと下半身を潜り込ませ、麻生は、ラジウスを出し、それに火を点けた。

上半身を起こしたまま、ラジウスを、木島と自分との中間に置いた。

長い間、そこで眠っているために、身体の下の雪が溶けて、窪みができている。

眠る時には、身体がその窪みに沿って滑り、いつも同じ姿勢で眠ることになってしまうが、尻の下の雪の窪みが、上半身を起こして座る時には、へんに具合がよかった。

火の点いたラジウスの上に、コッフェルをのせる。

コッフェルに、山盛りに雪が入っていた。

麻生が、外へ出る時にコッフェルを持ってゆき、作業を終えてからそれに雪を詰めてもどってきたのである。ふわりと入った雪ではなく、手で堅く押し込んだ雪であった。

コッフェルが温まり、コッフェルの縁からじんわりと雪が溶けてゆく。

ラジウスの炎の音が静かにテントの中に響いている。

紫色の炎だった。

「何だ?」

木島が言った。

「夜食だ。砂糖を少し使わせてもらうぞ——」

麻生が木島に眼をやった。

「夜食？」

「いいものを見つけた。真面目に雪は掻いてみるもんだな」

「何だ？」

「待ってろ。楽しみにな」

麻生は、ポケットからナイフを出して、手元で何かを切り始めた。切ったそれを、もう、雪が溶けてきたコッフェルの中に入れた。

横になっている木島からは、それは見えない。

全部雪が溶けると、あっけないほどの量の水になった。

その中に、砂糖を入れる。

「飴《あめ》をふたつほど使うぜ」

さらに飴を、その中に入れた。

やがて、コッフェルの中の湯が、沸騰し始めた。かなり低い温度で、湯が沸騰する。

天から落ちてきたテントに触れる雪の音と、その湯の沸く低い音がする。

「いい音だな」

木島が言った。

「これか」

「その湯の沸く音さ」

「ああ」

麻生が答えると、木島が小さく微笑した。

「どうした」

麻生が訊いた。

「おまえが、やけに真面目な顔して何か造ってるから、急におかしくなった」

木島の肺が鳴る。

「え?」

「こんなところまで、わざわざ、湯を沸かしにきただけみたいな気がしてさ――」

「ああ」

麻生は答えた。

山というよりは、もう、ここは天の片隅だ。

山と雪を、取りはらえば、地上六七〇〇メートルの空間――地上から見れば天の端で、自分はささやかな火を点して、湯を沸かしているのである。

やがて、甘い匂いが、テントの中に満ちた。

「レモンか?」

木島が言った。

「ああ」

「どうしたんだ」

「拾ったのさ」

麻生は言った。

ここへ入った最初の日に、レモンの汁に雪を入れて、それをコッフェルで沸かし、砂糖をたっぷり入れて飲んだのだ。

その時捨てたレモン一個分の皮を、雪を掻いていて、見つけたのである。

それを、今、砂糖と飴を加えてコッフェルで煮ているのである。

「美味《うま》いぞ……」

自分に言い聴かせるように、麻生は言った。

「ああ」

木島が言った。

「おまえから飲め」

麻生は、できあがったそれを、木島にすすめた。

「おまえから飲め」

木島が言う。

「わかった」

麻生は、コッフェルを両手で包んだ。

熱かった。

アルミのコッフェルは、特に熱い。

しかし、麻生は、その熱を少しでも体内に吸収してやろうとでもいうように、手を放さなかった。

ゆっくりと、ひと口すすった。

美味かった。

湯を、何度も何度も噛みながら飲み込んだ。

たっぷりした甘みではないが、熱を持った液体が喉から食道を通り、胃に落ちてゆくのがはっきりわかる。

〝このひと口で、どのくらい動けるのか——〟

ふと麻生はそう思った。

今飲んだ分で、どれだけのエネルギーを自分の肉体が吸収したのか、考えたのだ。

〝十メートルか？〟

十メートルというのは、何か根拠があるわけではない。

勝手な想像だ。

「おまえだ」

コッフェルを木島に渡した。

木島は、片肘をついて、上半身を起こし、そのコッフェルを受け取った。

飲んだ。

「いい味だ」

木島は言った。

「最初の時より美味いくらいだよ」

言って、木島はまた飲んだ。

液体の方が、木島にとっては腹に入れやすい。

固形物は、無理に腹に詰め込んでいるのが麻生にはわかる。喰わねば死しかないから、無理に、食べ物を腹に押し込んでいる。

それだけ食欲がないのだ。

頭痛は絶え間がないはずであろうし、吐き気、疲労感——それにも増した不安は、麻生の想像できる場所を超えている。

死を、はっきり木島は念頭に思っているはずであった。

たとえ、晴れたとしても、もはや、麻生の眼から見ても、木島の体力が第二キャンプにもどるまでもちそうにないのはわかっている。

木島自身は、もっとよくそれをわかっているはずであった。

自分の肺で鳴る音についてもだ。

「おまえだ」

木島が、麻生にコッフェルを渡した。

麻生が、残ったそれを飲む。

残り少ない生命のもとを、ふたりで互いにやりとりしているようであった。

下方で、ごう、とまた音がした。

今は、それが尻からどろどろと伝わってくる。

やんだ。

「なあ、麻生――」

その音がやむのを待っていたように、木島が言った。

「なんだ」

「おまえ、なんだって、山に登るようになっちまったんだ」

「何故かな。いつの間にかだ」

「初めての山はどこだ」

「箱根だ」

「箱根？」

「明神ガ岳だったかな。親父に連れられて行った山だ。一二〇〇メートルくらいの山さ。ハイキングだ。小学校の三年の時だったよ――」

「おまえ、小田原だったな」

「ああ。それで、明神ガ岳の上についたら、向こうに富士がいきなり見えた――」

「へえ」

「凄かったな」

「じゃあ、その時からか――」

「そうかもしれない」

「まあ、いつだっていいか」

「中学の頃からだったよ。ひとりで山をうろつきまわるようになったのは」

麻生は何か、遠い記憶にある風景を思い出すように、言葉を切った。

「不思議なものだな」

麻生が言った。

「何がだ？」

「ひとつの山に登ると、次にもっと高い山が見えてくるんだ――」

麻生は、コッフェルを差し出した。

「ああ」

木島が低く答えた。

麻生が差し出したコッフェルを受け取った。

それを飲む。

「初めて箱根より高い山に登ったのは丹沢だった――」

麻生は言った。

「――丹沢の、塔ガ岳さ。高校が丹沢のふもとでね、ひとりでふらりと登ったんだ。そこに登ったら、見えたんだよ」

「見えた?」

「南アルプスがさ」

「――」

「春でさ。まだ、南アルプスは雪を被《かぶ》っていた。まだ、甲斐駒も、北岳も、何も知らない頃さ。南アルプスだということさえわからなかった。ただ、その雪を見たら、わけもなく、あの見えている山のてっぺんまで行きたくなった――」

麻生は、陽が暮れるまで、その雪を頂いた峰の連なりを、ぼうっと見つめていた自分を思い出していた。

「その年の夏休みに、行ったよ。見えた山を全部登ってやろうと思ったんだ」

「どこをやった?」

「鳳凰三山――山梨の、夜叉神峠から入って、そこから登った――」

麻生が言うと、木島も、その山の光景を思い出したらしかった。

「いいなあ、南アルプスは」

しみじみと言った。

「で、南アルプスに登ったら、もっと向こうにまた山が見えた」

「見えるんだよなあ、登ると——」

木島が眼を細くした。

「八ケ岳、北アルプス。こんなに日本に山があるのかと思った」

「それからか」

「ああ、狂ったように登ったな——」

麻生は答えた。

本当に、その頃は、頂が、青い天に浮いているように見えた。

頂へゆくために、肉体を酷使することも、汗をかくことも、その苦痛も楽しかった。

肉体をしぼりあげながら、自分の足で、自分の体重を、より高みへと、一歩一歩押しあげてゆくことに恍惚となった。

天へ向かって近づいてゆくことへのときめきが、麻生の肉の内にあった。

一瞬の恍惚と、広々した哀しみが、頂にはあった。

「おい、笑うなよ」

麻生は木島に言った。

「頂上へ登るとさ、おれは、なんだか、へんに哀しくなっちまうんだ」

「何故だ？」

「わからないよ。いや、わからなかったんだ、その時はね」

「今はわかるのか」

「なんとなくね。下から見ている時は、頂上は地面じゃない――」

それは、天に属するものだと麻生は思っていた。

「しかし、頂上に立った途端に、それは、ただの地面になってしまうんだ」

ぽつりと麻生はつぶやいた。

「頂上より、もっと高い所へ行きたいのか、おまえ――」

木島が、やはり、低くつぶやいた。

「そうかもしれない」

麻生はうなずいた。

うなずいてから、麻生はふと顔をあげた。

テントが小さく揺れていた。

低い谷の底の方に、軽いどよもしがある。

「風か――」

木島が言った。

少し、風が出てきたらしかった。
ごう……と、今度は暗い天のどこかで風が鳴った。
雪片が、強くテントに当り始めていた。
木島が、咳込んだ。
木島は、空になったコッフェルを置いて、寝袋の中に横になった。
「だいじょうぶか」
麻生が言った。
「ああ」
木島が答えた。
まだ点いていたラジウスの炎を消し、麻生も寝袋の中に潜り込んだ。
ヘッドランプの灯りを消した。
闇になった。
頭上に、風がうねり始めているのがわかる。
遥か虚空の高みを吹く風だ。
そして、低い地の風。
雪片がテントに小さなつぶてのように当っている。
「どうやら、この風で決まりだな」

麻生はつぶやいた。

良くも悪くも、吹き始めたのは、麻生と木島の運命を握っている風であった。

風が吹くということは、天候が変わるということである。

さらに悪い状態になり、雪はやまず、なお強烈な吹雪になる可能性を秘めた風だ。

そうなれば、もはや、生還は望めない。

しかし、この風が逆に、このアンナプルナ一帯に記録的な雪を降らせているはずの雲を吹きはらうことになるかもしれないのだ。

そして、天候が安定すれば、助かる可能性が出てくる。

しかし、天候が安定するのは、二日後では駄目だ。

明日中に、良くならなければいけない。

だが、天候が良くなったとしても、すぐには動けない。表層雪崩を避けるため、雪が締まって凍りつき、安定するまで、もう一日置く必要があるからだ。

そして、それまでの間に、雪崩が来なければという条件がつく。

望みとすれば、微かな望みだ。

しかし、希望がないわけではない。

だが、風は、さらに強くなった。

天空が破裂したような音をたててゆく風もあれば、笛のような音をたてて頭上を疾ってゆく風もあった。

雪崩の音が多くなった。

強烈な風であった。

みしみしと、音をたてて軋《きし》むように、大気が冷え込み始めた。

いっきに、大気の温度が下がり始めたのだ。

マイナス六十度。

高度一万メートルあたりに吹くはずの、凄まじい冷気の風だ。

テントが揺れていた。

もし、周囲に雪がなかったら、すでにテントごと飛ばされているほどの風だ。

ふたりは、じっとその暗い風の音に耳を傾けていた。

「駄目かな」

ぽつりと木島が言った。

「駄目?」

「やはり、この計画は無謀だったんだな」

木島が言った。

別に、誰かを、たとえば、麻生や自分を非難している口調ではなかった。

「ああ」

麻生が答えた。

「考えてみれば、ここまで来れたのが奇跡みたいなもんだ。もちろん本気さ。本気でおれはここに来たんだよ。でも、心のどこかに、何か、とてつもなくいい冗談につき合っているような気分があった。駄目だったら、いつでも引き返せるんだってね。それが、あまりうまい具合に、ここまで来ちまってさ——」

木島が言った。

木島の言う意味は、麻生にはわかっている。

始めから、この計画には、狂気が潜んでいたように思う。

初めてのヒマラヤを、シェルパを使わずに、自分たち四人だけで、やっつけてしまおうという計画だった。

ヨーロッパ流のやり方である。

現に、シェルパも使わず、小人数で、あまり日数をかけずにヒマラヤの八〇〇〇メートル級の山を無酸素で登ってしまう人間たちも出ている。

しかし、それは例外的な人間たちだ。

それに、そういうひと握りの人間たちは、過去に、何度もヒマラヤでの経験をつんでいる人間たちである。

——六九九三メートル。

ヒマラヤの高峰としては、たいしたことのないその標高を、甘く見ていた部分もある。

しかし、何よりも、麻生や木島の足をここまで運ばせてしまったのは、このマチャプチャレの頂が、未踏峰であるという点にあった。

——何故か。

それは、この山が、信仰の山だからである。

一九五七年に、イギリス隊が、やっとネパール政府から許可をもらい、頂上に足を乗せない条件で、この山に登ったことがあるだけだ。

イギリス隊は、頂上の下、四十六メートル地点までゆき、そこに国旗を立て、結局頂上は踏まずにもどってきている。約束通りに頂を踏まなかったのだ、という説もあるが、主稜に続く溝状の氷壁を登るのが極めて困難であり、さらには天候の急変により、その高さで退却を余儀なくされたのだ、との見方もある。

特別な事情がないのなら、もっと頂上に近い場所まで登ってから、帰ってくるという方法をとったはずではないか、と言われている。

遠征隊には、必ず、ベースキャンプまで、政府の役人がつくことになっている。

遠征隊が、決められた地域以外の土地へゆかないように、見張るための役人である。ヒマラヤの頂近くは、中国との国境に近いからだ。

現在は、マチャプチャレへの入山を、ネパール政府は許可していない。

そこを、無理に、麻生たちは入山したのである。

遠征隊のパーミッションではなく、トレッキングのパーミッションでの入山であった。トレッキングならば、政府の役人なしで日本人だけでも、歩くことができるからだ。いったん、地方の村へ入ってしまえば、政府の眼は届かない。

荷を車でポカラまで運び、そこで、グルン族ではない別の人間たちを、シェルパを通さずに、直接ポーターとしてやとい、本来とは違う南側のルートから、マチャプチャレに入ったのだ。

金さえ出せば、ポーターはいくらでも集めることはできた。

彼等に、ベースキャンプ地まで荷を運ばせ、彼等をそこで帰した。マチャプチャレに登ることは、そのポーターたちにも告げてない。

そうして、麻生たちは、登攀《とうはん》を始めたのである。

そして今、ふたりは、雪に埋もれたテントの中で、風の音に耳を傾けているのである。

「心配してるだろうな」

木島が言った。

「川辺と伊藤たちか」

「そうだ」

「あいつらだって雪の中だ」

「しかし、ベースキャンプなら、ここよりは安全だ。食料もある――」

木島は言ってから、押し黙った。

風が、ばさばさとテントをあおっている。

「怒ったのかな」

木島が言った。

「怒った？」

「かみさまさ」

冗談とも本気ともつかない口調だった。

「まさか」

「シヴァ神が、時々降りてくるんだろう？」

「そんなことが書いてあった本があったな」

麻生は、その本のことを思い出していた。

『ネパールの山・神話と伝説』

たしか、そのようなタイトルの本であったと思う。

小さな出版社から出ていた、新書サイズの本であったはずだ。

木島が、神田の古本屋から見つけてきた本だ。

〝岳文堂〟という、山の専門書を多くあつかっている古本屋である。

「マチャプチャレのことが出ているぜ」

木島が渡してくれたその本の、黄ばんだ表紙を、麻生は覚えていた。

マチャプチャレの高い方の峰は、〝虚空の瞑想の座〟と呼ばれているのだと、その本には記してあった。

シヴァ神が、四百年に一度、満月の晩に、その頂に降りてきて、そこに座して瞑想するのだという。

——シヴァ神。

ヒンズー教では、ブラフマン、ヴィシュヌと並んで、最高神の地位にある神である。

破壊と創造の神だ。

古くは、暴風神ルドラの尊称として呼ばれた名前である。

別の名を、マハー・カーラ。

日本語に直訳するなら、〝偉大な暗黒〟〝偉大な時間〟の意味になる。

カーラは〝時間〟と〝暗黒〟とを指す言葉で、それを司る神名としても使われる。

マハー・カーラは、死と時間とを支配する神で、カーラは死の神ヤマの別名でもある。

ヤマ——日本で言えば閻魔天《えんまてん》のことである。

——死と時間か。

麻生は思った。

ふいに、死が、身近に迫ったような気がした。

さっき雪をのけたり、凍ったレモンの皮を見つけてそれを刻んで沸かして食べたりしたのも、いずれ死ぬための努力のような気がした。

死ぬために生きようとしている——。

「しかし、みんなそうだな」

ふいに、麻生は口にした。

「何がだ」

木島が訊いた。

「いずれ死ぬために、みんながんばってるんだなと、急に思ったのさ」

「おれたちのことか?」

「みんなさ。人間でも、虫でも動物でもね。おれたちは、それが、今、たまたま一番わかり易い状況にいるってことさ」

麻生は言った。

「ふうん」

と木島は答えたが、はっきり理解したわけではなさそうだった。

麻生自身も、よくわかっているわけではない。

そんな言葉が思い浮かんだだけであった。

思い浮かぶと、すぐ、それが口に出てしまうようになっていた。

また、黙った。

雪崩の音。

風の音。

それらが、ごうごうと鳴っている。

どこか、遠い世界の物音のようであった。

しかし、きりきりと肉に刺してくる寒さだけは、はっきりとした現実感があった。

足に、感覚がない。

靴の紐を強く結びすぎたかと思う。

靴の紐を強く結ぶと、足の血行が悪くなり、凍傷になり易いのだ。

それとも、外へ出た時に、靴の中に潜り込んだ雪が、体温でいったん溶け、この寒さで凍りついたのかと思った。

小指の先ほどの雪が、靴の中に入り込んでいるだけで、そこの皮膚や肉までが凍りついて、凍傷になってしまう。

どちらかは、わからない。

その両方かもしれなかった。

凍傷。

重い凍傷にかかれば、指の、血や肉までが凍り、そこの細胞が死んでしまう。

再生が不可能となり、死んだ指を切断しなければならない。

足の指を凍傷で失った人間は、無数にいる。

「おれは、死ぬな……」

ふいに、ぽつりと木島が言った。

「起きてたのか」

返事に困ってから、麻生は答えた。

「死ぬよ」

また木島が言う。

「馬鹿」

「足に感覚がない――」

言ってから、咳込んだ。

肺がごろごろと鳴った。

肺の中に、半分シャーベットになった痰が入り込んだらしく、咳は長く続いた。

「なんで、登るんだろうなあ」

しばらく前に訊いたのと、同じような質問を、咳がおさまった後で、木島はしてきた。

別に、麻生に答えを求めての質問ではないらしい。

「寒いな」

ぽつりと木島は言った。

そして、木島は黙った。

眠れぬままに、一晩が過ぎた。

ぼんやりと、テントが灰色に明るくなり、途中で、その明るさが止まった。

気がつくと、テントが大きくまた内側にへこんでいた。

麻生は、立ちあがって、内側からテントを叩いて、また雪を落とした。

激しい風と吹雪だった。

一度だけ、木島と一緒に外に小便に出た。

もう、雪を掻く気力はない。

テントの雪を落とすことができるだけだ。

一面の白い世界だった。

そこに、無茶苦茶な灰色の線が、真横にふっ飛んでいる。

雪の線であった。

それが、天から落ちてきた雪なのか、風で積もった雪が飛ばされてきた地吹雪なのか、見当さえつかない。

小便は、その風にさらわれて、氷の細片となって灰色の世界へ飛ばされていった。

眼の前の雪に、黄色い染みさえ残さなかった。
風が吹くと、実際の温度より、身体に感ずる温度は寒くなる。
それが体感温度だ。
強烈な冷気の風が、羽毛服の上からでさえ、体温を奪ってゆく。
小便をして、もどってきただけで、体力のかなりの量が奪い去られていた。
木島は、寝袋に潜り込むのがやっとであった。
餅を煮た。
コッフェルに雪を入れ、その中に二枚の餅を入れ、甘納豆の半分を入れた。
煮えるのに長い時間がかかった。
木島は、それを、半分以上も残した。
もう、柔らかくなった餅すら、喰えなくなっていた。
糞。
麻生は思った。
くやしかった。
どうすることもできない自分がである。
木島が死ぬなら、このおれが木島を殺したのだ。
そう思う。

自分が声をかけなければ、木島はサラリーマンをやっていたはずだ。たとえ、本人が言っていたように勤め先をやめたとしても、別の仕事についていたはずなのだ。

麻生は、残ったチョコレートを、全部取り出した。それをコッフェルに入れた。湯でそれを溶かした。

かちんかちんの石のようだった二枚のチョコレートが、湯に溶けた。甘みのある、とろりとした液体ができあがった。中には、まだ、甘納豆の粒が残っている。それをスプーンでていねいに潰した。

木島は、二十分をかけて、それを飲んだ。

飲んだら、すぐに横になった。

言葉をしゃべる気力も失くなっているようであった。

横になる前に、麻生に、眼で合図を送ってきた。

〝すまん〟

と、木島の眼がそう言っていた。

〝ありがとう〟

と、木島の眼がそうも言っていた。

麻生は、歯を噛んだ。

寝袋に横になった。

頭の芯《しん》に、石が入り込んだように、重く、痛かった。

足の指先の感覚が失くなっていた。

ナイフを握り締める。

吹雪は、一日中続いた。

その間に、一度だけ食事をした。

ジャガイモを茹《ゆ》で、砂糖を混ぜてスプーンで潰しながら、どろどろの液状にしたものを、木島に飲ませた。

自分は堅いインスタントラーメンを食べた。

具も何もない、スープと麺だけのラーメンだ。

一度小便に出たきり、外には一度も出ていなかった。

二度目の食事の時に、外へ手を伸ばして、湯を造るために雪を掻きとっただけであった。

二度目の小便は、ラーメンの袋に出し、その袋を外に捨ててすませた。

木島は、二度目の小便はしなかった。

細い呼吸だった。

呼吸の度に、ぜこぜこという音が聴こえてきた。

夕刻になった。

しかし、まだ、風はやまなかった。

灯りを点けないまま、夜になった。

頭上で、風が猛っている。

テントに当る雪の音は、砂がぶつかってくるようであった。

それでも、雪そのものは、やんでいるらしかった。

テントに当っているのは地吹雪のものらしいが、それを外に出て確認するつもりはなかった。

外に出ても、確認などできるわけではなかった。

ただ、テントに積もる雪の量が減っているのがありがたかった。

積もるというよりは、雪片がへばりついて凍りつく。

テントの内側も、水蒸気が凍りついて真っ白になっているはずであった。

しかし、それも闇の中であった。

きりきりと、寒気が身体を締めあげてくる。

寝袋の入口を、首の周囲でどんなに締めても、寒気は中に入り込んできた。

寒かった。

ありったけのものを身につけ、羽毛服まで身につけて寝袋の中に潜り込んでいるのだ。

それでも、肉体が補充する熱エネルギーよりも出ていく分量の方が多いのだ。

吐き気と、頭痛と、悪寒がした。

尻の下の雪が溶けて、仰向けになって寝ても、腰が下がって〝く〟の字形の姿勢になってしまう。

体温は、その尻からも背中からも奪われてゆく。

全身が、薄く氷に張りつかれたように寒い。

闇の中で、かちかちと音がしていた。

木島が、歯を鳴らしているのである。

「寒い」

木島が言った。

寒い……

寒い……

その声が、歯の鳴る音に混じって、時おり闇に響く。

必死の思いで、麻生は、上半身を出した。

ザックから、蠟燭《ろうそく》を取り出し、火を点けて伏せたコッフェルの上に立てた。

これで、二度かそこらは、温度があがるはずであった。

寝袋にまた潜り込む。

テントの天井が、白く凍っていた。

ばりばりになっている。

ぼんやりと、炎の灯りに、テントの中の光景が浮きあがる。

魚の胃袋の中にいるようであった。

冷凍にされた魚の胃袋だ。

その胃袋の中に、小さな炎の灯りが点っている。

テントの中がマイナス四十度を超えているとして、温度が二度ほどあがったとしてもどれほどのこともない。

木島は、まだ歯を鳴らし続けていた。


寒い……

寒い……


木島の声が聴こえてくる。

「木島――」

声をかけて、木島の方に寝返りを打つ。

ごろり
と、肺で音をたてて、木島が何かを答えた。

意味がよくわからなかった。

「そうか——」

麻生は答えた。

天井を向いた木島の顔がふくれあがっている。その顔が、小さく顎を引いて、うなずいた。

「よし」

麻生はつぶやいて、また天井を向いた。

歯を噛む。

——おれも死ぬか!?

麻生は己れの死を思った。

死にたくない。

木島も死なせたくない。

しかし、木島は、すでに、死の道へその肉体も意志も運び始めていた。

ごう、と、また低くとどろいた。

雪崩だ。

斜め上方だった。

テントのすぐ横を、その雪崩が疾り抜けて行った。

ばさばさと、大きな雪が、風に飛ばされてテントにぶつかってきた。

広い斜面であった。

その斜面の中央が、わずかに尾根状に盛りあがっている。

そこにテントを張ってあるのだ。

左右の岩場からの雪崩はとどかず、上からの雪崩は、左右に分かれるはずであった。

それを見こしてのテントの設営であった。

「ごわっ！」

ふいに、木島が叫んだ。

ごごっ、とも、ごろっ、とも聴こえる、肺の鳴る音と混ぜ合わされた声であった。

上半身を起こしていた。

「来たっ」

叫んだ。

「何だ⁉」

麻生は上半身を起こして木島を見た。

「救援隊だ！」

木島が呻く。

「木島⁉」

「聴こえないのか、呼んでいるじゃないか」

真剣な声であった。

思わず、麻生も耳をすませた。

ごう、
と、風が答えた。

「ほらっ」

木島は叫んだ。

「来てる。来てるんだ。救援隊がっ」

木島のその顔を見て、麻生はぞっとした。

眼をむいていた。

その眼の表面に炎が映っていた。狂気の色だ。

幻聴である。

聴こえるはずのない声を、木島は聴いたのだ。

「幻聴だ、木島」

立ちあがろうとする木島を、麻生は押さえた。

木島がもがく。

どこにこんな力が残っていたのかと思えるほど、凄い力だった。

全身の力を使って押さえた。

木島の身体は、麻生の腕の中でぶるぶると震えていた。

涙が出そうになった。

狂うな。

麻生は心の中で叫んだ。

狂うな、木島。

やがて、木島の震えはおさまった。

ほっとして、手を放した麻生を、木島が、凄まじい顔で睨んだ。

「きさま……」

唸った。

「おまえが邪魔をしたから、救援隊が行ってしまったじゃないか」

ごろごろと獣のように喉を鳴らした。

「木島——」

麻生が木島を見た。

ごう、と風が鳴った。

ふっと木島の表情がゆるんだ。

「すまん」

木島が言った。

「救援が来るわけはなかった……」

「木島……」

木島は、淋しい微笑をした。

ごそごそと、寝袋の中に潜り込んだ。

それが、木島の残った体力の最後だった。

細い呼吸をするようになった。

絶え間なく歯を鳴らした。


寒い……

寒い……


また、その言葉を繰り返した。

「おい」

と、ふいに、木島が言った。

「小夜子、味噌汁だ……」

妻の名を呼んだ。

すぐに黙って、また歯を鳴らした。

何かの幻聴を耳にするのか、それからも、木島は、意味のない声をいきなりあげたりした。

「返せよ……」

そんなことを言ったりもした。

「頭の中に虫がいる」

「それはおれのだ」

「ばか」

木島のつぶやきは、とりとめがなくなり、ぶつぶつという声になり、しまいには、何を言っているのか、その意味すらまったくつかめなくなっていた。

蠟燭が消えていた。

闇の中で、麻生は眼を閉じて、虚空を睨んでいた。

無明の虚空だ。

木島の細い呼吸。

長い、長い間、麻生はその音を聴いていた。

——木島が死んだら。

ふとそう思った。

そう思った時、別の思いが、麻生の頭を疾り抜けた。

木島が死ねば二日分の食料が残る――。

そう思った。

思った途端に、どきりと心臓が鳴った。

木島に聴かれたか。

心の内に疾り抜けた思いを聴かれたかのように、麻生は、首を動かして木島に眼をやった。

すぐ眼の前に木島の顔があった。

木島が、ふくれあがった顔に、大きく眼をむいて、暗がりの中で麻生を見ていた。

小さく口を開いていた。

今のを聴いたぞ……。

そういう顔であった。

〝木島――〟

声にならない声をあげた。

ふと気がついた。

木島の呼吸音が、聴こえていなかった。

木島は、動かなかった。

「木島――」
麻生は声に出した。
手を伸ばした。
指先が、木島の頬に触れた。
堅かった。
堅く、そして、冷たかった。
木島の頬が凍っていた。
木島が死んでいた。
「木島……」
麻生はつぶやいた。
涙は出なかった。
ふと気がついた。
何故、木島の顔が見えるのか?
蠟燭は消えているはずであった。
なのに、木島の顔が、ぼんやりと見える。
そして、その時、麻生はようやく気がついたのであった。
風の音がやんでいた。

すると、この明りは?

すぐにわかった。

何度も、雪山で経験したことのある明り。

月の明りだ。

空に月が出、その明りと周囲の雪に反射した明りで、テントの中がぼうっと明るく見える、その明りであった。

晴れたのか。

そう思った時、音がした。

ごう……

という音であった。

すぐ上でした。

びくん、と麻生の身体が強張った。

来た。

必ず、このテントまでやってくる音だった。

音がした途端にわかった。

ナイフ!

麻生は、上半身を起こして、ポケットの中に手を突っ込んだ。

その手が、ナイフに触れた瞬間、

ずっ

と、テントの下の雪が動いた。

上方から強烈なエネルギーが叩きつけてくるのと、テントの下の雪の大地が動き出すのと同時であった。

尻から背骨に、何かが疾り抜ける。

それが恐怖であるかどうか、確認する暇すらなかった。

いきなり背中をひっこ抜かれたようであった。

ずうん

と身体がテントごと宙に浮いた。

斜めになった。

斜めになって潰れた。

たたまれた。

どっと圧迫感があり、天地がわからなくなった。身体中に何かが叩きつけてきたと思った瞬間、また放り出される感覚があった。

次に麻生が感じたのは速度であった。

滑っていた。

テントごと、斜面を滑っているのだった。

下になっているのは腹だった。

速度がぐんぐんあがってゆく。

身体に、一緒に流れているらしい雪の塊りがぶつかってくる。

ふっ、と体重が失くなった。

ほとんど垂直に近い落下感であった。

それは一瞬だった。

斜面を滑って宙に飛び出し、岩か下の雪に叩きつけられるのを覚悟した瞬間、今度は尻から落ちて、背で滑り始めた。

テントの支柱がすぐ脇の上にある。

ごうごうと耳が鳴っている。

もう一度落下感があった。

滑った。

今度はもみくちゃになりながら転がった。

麻生は声をあげた。

叫んだ。

その叫びをやめた時、麻生は自分の身体がもう、動いてないことを知った。

まだ、両足は寝袋の中であった。

自分が生きているのかと思った。

生きている自分が不思議だった。

自分は首だけで生きているのかもしれないと思った。

指先を動かした。

動いた。

手、腕、足――それらを、たしかめるようにゆっくりと動かしてゆく。

動く――。

動く――。

両手をついて上半身を起こした。

頭の上にテントがかぶさっていた。

何がおこったのかは、わかっている。

雪崩に巻き込まれたのだ。

しかし、どうして助かったのか？

雪崩の上に、いったんテントごと持ちあげられ、そのまま、横にはじき出され、そこの斜面を滑ったのだ。

そう思った。

もともと、雪崩の端であったことと、それからさらに横へ放り出されたのが、助かった原因であろう。

奇跡のようなものであった。

心臓の音が聴こえた。

すぐ横に、木島がいた。

かぶさっているテントを持ちあげた。

木島の胸に、折れたテントの支柱が深々と刺さっていた。

しかし、木島は、まだ、さきほどと同じ表情をしていた。

麻生は、自分が右手にナイフを握っていることに気がついた。

ナイフの刃を出して、それで、テントを裂いた。

2

外へ出た。

おそろしいほどの寒気が麻生の全身を包んだ。

麻生は声をあげていた。

天を見ていた。

そこに、むき出しの宇宙を見た。

凄まじい星空であった。

暗黒の空に、瞬《またた》かない星の群があった。

これほどの数の星を見たことはなかった。

夜の穂高で見た星空も問題にならなかった。

中天に月が出ていた。

皓々《こうこう》とした、青い光を放つ、ぎらぎらとした月だ。

満月であった。

その満月の光に、周囲の星の光が消されていない。

それほど、大気が透明で、澄んでいるのだ。

天の川がある。

白鳥座が見えていた。

白鳥の嘴《くちばし》にあたる二重星のアルビレオも、一等星のレグルスもはっきりと見える。

天頂から地平まで、同じレベルで星が見えているのである。

宇宙の虚空から、刃物のようなヴァイオリンの高音が、ほどけ落ちてくるようであった。

白い、アンナプルナ山群の嶺《みね》みねが、その星空の下に、黙って座っている。

それぞれに、ヒンズーの神々が降臨する神々の座だ。
ダウラギリの鋭峰も、白く星の世界に頂きをあずけている。
おそろしいほどの沈黙であった。
どの風景の中にも、人の温かみは毛ほどもない。
凄まじいまでに生き物の気配を拒否した風景であった。
どの視線の果てまでも、見えるのは遥かなヒマラヤの峰だ。
異星の風景のようであった。
きりきりと、寒気が麻生の身体を締めあげてくる。
ぎし。
と、麻生の足の下で雪が鳴った。
冷風に長時間さらされて、足の下の雪がアイスバーンになっていた。
足元を見た。
ゆるい雪の斜面だ。
もう少し斜度が強ければ、アイゼンがなければ危険であった。
すぐ下も——八メートルほど先で、急にその斜面が落ち込んでいた。
ゆっくりと、歩いた。
踏みしめる度に、ビブラムの靴底の下に、雪が軋む。

立ち止まって下を覗いた。

気の遠くなるような急斜面の上に雪崩が疾り抜けていった跡が、しらしらと月に光っていた。

もし、もう数メートル流されていたら、おそらく生命はなかったところだ。

ふっと緊張が解けた。

ずきんと胸に痛みが疾った。

左膝、右肩、背、右足、身体のあちこちに、痛みがあった。

落ちる途中で、やはり身体のあちこちを傷めていたのである。

胸のあばら骨に、ひびくらいは入っているかもしれなかった。

首にも、鋭い痛みがあった。

鞭打症になっているかもしれない。

右足首はねんざしているらしかった。

もっと時間が経てば、あちこちに痛みは広がり、痛みも強くなってくるはずだった。

岩をやっている最中に落ち、右足を折ったのもわからず、二分近くも歩いてしまった人間を、麻生は知っている。

伊藤がそうだった。

伊藤はしばらく歩き、その後に、どうも歩くと右足がおかしいのに気がつき、痛みを覚えたのはその後であった。

夢中で気が動転している時には、そういう骨折にすら気づかないことがあるのだ。

しかし、とにかくは、今、自分の二本の足で、麻生は立っているのである。

雪崩で二百メートルは流されたのだ。

このくらいですんだのは奇跡であった。

後方を振り返った。

そして、麻生は息を飲んでいた。

すぐ背後から、巨大な白いスロープが星空に向かって伸びあがり、その星の海の中にマチャプチャレの白い頂が浮いていたのである。

その上に、青い満月があった。

その光景が、ずしんと肉に響いた。

痛いほど胸が、締めあげられた。

切ない想いが、つきあげた。

湯のように熱いものが、はらわたから喉にせりあがってきた。

想わず、小さく声をあげていた。

ゆかなくては――。

その想いが、肉体を締めつけている寒気を押しのけて、ふくれあがった。

ゆかなくては――。

頂へ。

天の一部に属するあの高みまで、この肉体ごとゆくのだ。

無風である。

まるで、自分のゆくべき道を示すように、氷河の上に、頂上に向かって、しらしらと月が宝石のきらめきを散らばせていた。

テントの中に潜り込んだ。

ザックを引きずり出し、荷造りを始めた。

残った食料を入れ、コッフェル、ラジウス、寝袋――必要最小限のものだけを取り出した。

ラジウスに火を点け、コッフェルに雪を詰めて、湯にした。

その中に残った飴と餅を入れた。

煮込んで、それを腹に詰め込んだ。

最高に贅沢な食事――。

もしかしたら、最後になるかもしれない食事であった。

急《せ》く心を押し静めるように、ゆっくりと、最後の汁を腹の中に入れた。

パッキングをする。

アイゼンをつけた。

十二本爪のアイゼンだ。

そして、ピッケル。

ザイルを持った。

八ミリのナイロンザイルを十メートルだ。

思いの他、荷物が多くなった。

もともと、こんな山の上までは必要最小限のものしか持ってきていないのに、人が生きてゆくためにはやはり荷を負うことになる。

テントは置いてゆくことにした。

どうせ使えないテントであった。

そのテントが、木島の墓標《ぼひょう》だ。

一万年もすれば、氷河が流れ、下方にある氷河の末端のモレーンに、木島の肉体は漂着するだろう。

木島の肉体は、これから、氷河と共に眠りながら、山と宇宙の時間を生きるのだ。

そのことが、麻生には、わずかにうらやましかった。

ザックを背負い、歩き出した。

数歩で、息が切れた。

右足首が登山靴の中でふくれあがっているようであった。
咳が出た。
凍った痰を吐いた。
それでも、足を上方へ踏み出してゆく。
何かの狂気が自分にとりついたのだと、麻生は思った。
何と無謀な登山を自分は始めようとしているのかと思った。
いや、人とはもともと狂っているものだ。
狂気を肉のうちに秘めている。
その狂気が、自分を今、あの頂へと向かわせているのだ。
アイゼンが、堅い氷の上に、小気味のよい音をたてる。
巨大な白いスロープに、独りぼっちだった。
独りで、これから天に向かって歩いてゆくのだ。
それにしても、何とおびただしい数の星であることか。
その星の海の中にいるようであった。
寒気が、身体を締めつける。
マイナス四十度の寒気だ。
しかし、それにも増した火が、自分の中に燃えていた。

その炎がなければ、とても歩き出せもしなかったろう。

すぐに息が切れる。

果たして、自分の体力が、頂《あそこ》までもつだろうかと、麻生は思った。

すでに体力はぎりぎりまでしぼり取られている。

しかも、無酸素だ。

酸素ボンベも背負ってはいない。

テントの中にあるにはあったが、置いてきたのである。

バルブが曲がって、使えなくなっていた。

もともと、背負いながら頂上をねらうつもりで持ってきたわけではない。

登頂は、始めから無酸素でやるつもりであった。

酸素ボンベは、あくまでも、医療用に使うつもりのものであった。

頂上アタックの前の晩に眠れない場合とかに使用するつもりだった。

今はいらない。

七〇〇〇メートルに満たない山では、十キロの酸素ボンベを背負うのは、かえって肉体的にはマイナスである。

その分、身軽になっておくことの方がいいと、麻生は判断したのである。

二百メートルをやっと登った。

流された分の距離だが、登ってみれば、もといた場所ではなかった。
上に向かって左側、頂上直下の方向にはずれていた。
登るにつれて、斜面が、どんどん急になってゆく。
ただでさえ遅い動きが、さらに遅くなっている。
途中で、ザイルを捨てた。
重いからであった。
あと高度差にして三百メートルたらずのはずであった。
頭がずきずきとしてきた。
足が前に出るのは、やっと靴がひとつ分だ。
その一歩ずつの積み重ねが、人を高みへと押しあげるのだ。
星の天に、白い頂が潜り込んでいるのが見える。
すぐ上に、岩場が見えた。
雪の中から、巨竜の背骨のように、その岩尾根が突き出ていた。
雪は、その岩尾根の一部にしかついていない。
その岩場までゆけば、なんとか休めるかもしれなかった。
斜度は四十五度を超えていた。
こんなアイスバーンのスロープで動きを止めることは、危険であった。

ザイルの確保が必要であった。
それにしても、なんとのろい歩みであったことか。
一歩、足を上にあげては、喘ぐ。
次に一歩をあげ、また、喘ぐ。
ピッケルを突いてバランスをとらなければ、とうに滑り落ちている。
滑り落ちたらいっきである。
あっという間にこれまでの距離を滑り落ち、あの奈落へ飛び出してしまうだろう。
危険な登りであった。
汗が浮いていた。
疲労が、極限に達しようとしていた。
膝が、がくんと折れそうだった。
折れたら下までいっきだ。
わざと、そうしてみたい欲望が湧いた。
そうしたら、どんなに楽だろうかと思った。
しかし、その誘惑に、麻生は耐えた。
頂上にたどりつき、そこで動けなくなっても、麻生はかまわなかった。
もう、下る体力など残っていなくてかまわなかった。

体力の、最後のひと滴《しずく》まで、この登攀に使いきってしまうのだ。
それが、正統であるべき登り方のような気がした。
そこが、真に、天上に属する場所なら、もう下る必要はない。
胸の中に、細胞のひとつずつに、ちろちろと炎が燃えているのがわかる。
その炎を見つめながら、登った。
何故、登るのか?
これほどまでにして、何故、登るのか。
それを麻生は想う。
天へ近づいてゆこうとするこの瞬間にあってさえ、麻生にはそれがわからなかった。
わからなくてよかった。
わからないから登るのだと思った。
いつの間にか、雪から突き出た岩場にたどりついていた。
黒い、岩であった。
その岩の一部の窪みに身体をやっとあずけ、麻生は激しく喘いだ。
もう、近すぎて頂上は見えていない。
頭上の天に、月が見えているだけであった。
しばらく喘いでから、ふと、麻生は気がついた。

自分が、身体をあずけている黒い岩の正体にであった。

「これは?」

麻生は呻いた。

おびただしい、大小の螺旋《らせん》の群の中に、麻生はいた。

それは、化石であった。

アンモナイト。

数億年前、古生代の海の底に発生した、螺旋の生き物であった。

その化石が、今、麻生の眼の前にあるのだ。

月が、その螺旋に青い影を落としていた。

現在では、とっくに死滅してしまった生き物たちである。

カトマンズや、ポカラのみやげ物を売る店で、この貝の化石が売られていることを、麻生は知っていた。

皆、このヒマラヤの山の中で採取されたものである。

すぐ上は、もう成層圏に近い、地球で一番高い場所に、かつて、地球で一番低い場所であった、海の底が、天に向かって露出しているのである。

どのような力が、海の底を、このような高みにまで押しあげたのか?

ヒマラヤができたのは、今からおよそ、六千五百万年前である。

その頃、アフリカ大陸から分かれ、年間数センチという猛スピードで南から北上してきたインドアジア大陸が、このユーラシア大陸とぶつかったのである。

その途方もない圧力が、天に向かってはじけたのが、このヒマラヤであった。

地上が天へ憧れるように、天へ向かって盛りあがったその先端が、山の頂なのである。

天へ届こうとした頂き——。

その頂きのひとつに近づこうとして、麻生はとんでもないものと出会ったのであった。

——これもまたおれの仲間なのだ。

と、麻生は思った。

これとは、この山のことであった。

そしてまた、アンモナイトの化石のことであった。

五億年の昔、海の底に生まれた螺旋の生き物は、アンモナイトの他に、オウムガイがある。

しかし、このふたつの螺旋は、違う性質、違う螺旋を描いている。

アンモナイトの螺旋が、同じ太さの縄を巻いたような同心円形の螺旋であるのに対し、オウムガイの螺旋は、螺旋を巻きながら外に対して広がっているのである。

一定の率で太くなってゆく縄を巻いた螺旋がオウムガイである。

ある異国の神智学者《セオソフィスト》が言うには、オウムガイの螺旋こそ、黄金分割のラインに沿って成長する完全な螺旋であるという。

アンモナイトの類が、今は滅びてしまった絶滅種であるのに対し、オウムガイは、今なお、南太平洋の海に、生き残っている。

同じ時期に、同じ地球の海に発生した同じような生き物の一方が滅び、何故一方が生き残ったのか？

それは、アンモナイトが、螺旋として閉じていたからである。

オウムガイは、宇宙に対して開いた螺旋であった。

それが、このふたつの生物の運命を分けたのだという。

アンモナイトと、オウムガイ――。

そのどちらにも、奇妙な性質があった。

それ等ふたつの螺旋は、海の底にいながら、天の月の動きを、そのまま自分たちの螺旋のかたちにつむぎあげていった生物なのである。

アンモナイトもオウムガイも、月のひとめぐり、つまりひと月ごとに、その月の動きを刻み込むように、自分の殻にひとつずつの刻みを年輪のように増やしながら、成長してゆく生物であった。

深海にいた彼等に、どうして、月の動きを知ることができたのか。

月の時間を食べながら成長してゆく生き物――。

不思議な感動を、麻生は味わっていた。
その冷たい無言の石たちを抱き締めたい衝動にかられた。
麻生は、自分の身体が、おそろしく冷えきっていることに気がついた。
動きをやめた途端に、冷気がたちまち忍び込んできているのである。
登るという、苦痛と快楽《けらく》に満ちた行為を、また麻生は始めていた。
見あげても、頂は見えなかった。
黒い、岩場の陰に隠れてしまっているのである。
しかし、頂の在りかを示すように、天頂に月が出ていた。
黒い、岩尾根に沿って雪の上を登った。
黒い岩尾根は、累々《るい》とした螺旋の墓場であった。
これ等もまた、天に届こうとして、届かなかったものたちなのかもしれなかった。
ついに、体力の、最後のひと滴が、尽きそうであった。
冷気と疲労のため、ほとんど肉体に、感覚がないのだ。
どこに力が残っているのかわからない。
足が動かなかった。
麻生は、力を捜した。
どっちが頂上なのだ？

それすらもわからない。
いや、頂上の方向はわかっている。
上だ。
とにかく、足を上に運べば、その果てに待っているのは、あの頂なのだ。
月を見た。
月の霊光が、肉に染み渡るようであった。
その霊光力が、肉にわずかの力を与えた。
足が動いた。
月を目差して歩いた。
麻生もまた、月に導かれて、天を目差すいっぴきの生物であった。
ちっぽけな地上の生き物だ。
歩いた。
いつの間にか、ピッケルを取り落としていた。
眠かった。
眠ってしまいたかった。
「おい」
と、耳元で声がした。

木島の声であった。

「いいな」

木島は言った。

「もうすぐ頂上だな」

「ああ」

「おれも連れていってもらいたかったよ」

「来いよ」

麻生は、その幻聴に答えていた。

「来いよ、木島」

「でも、おれは、もう動けないからな」

「動けない？」

「死んでしまったからな」

そうか、おまえ、死んでしまったのだなと、麻生は思った。

——死んだか。

「死んだのだな、木島——」

つぶやきながら歩いた。

自分の肉体のどこに、それだけの力が残っているのか、不思議だった。

歩いた。
歩いた。
登った。
足を前に出した。
足を上にあげた。
アイゼンが、やっと、雪を嚙んでいる。
そのアイゼンの踏む雪のスロープが、いつの間にか、ゆるやかになりつつあった。
歩いた。
冷たいものが、頰に触れた。
足を動かそうとするが膝が何かにぶつかるのだ。
頰に触れている冷たいものは、雪であった。
ああ、おれは倒れていたのか。
と、麻生は思った。
ならば起きあがらなくちゃ。
起きあがった。
また歩いた。

また倒れていた。

また起きあがった。

倒れても、滑り落ちてゆかない。

それだけ、スロープがなだらかになっているのだった。

ふいに、麻生は、自分が、天の中にいることに気がついた。

上も前も後ろも右も左も、星であった。

星の海の中を歩いている。

天に引かれた、白い雪の廊下だ。

細い尾根の道だ。

左右のどちらかにでも倒れれば、そのまま地上に落下する。

まっすぐ前に倒れていたから、これまで奇跡のように滑り落ちるのをまぬがれていたのだった。

ゆるい、天の道を、しずしずと、夢のように、麻生は、登っていった。

その道が、また、ゆっくりと急になってゆく。

それでも、歩いてゆく。

そして、ついに、麻生は足を止めていた。

麻生の眼の前に、頂上があった。

そこより先は何もない、頂。
それが、青い月光を浴びて、しんと、眼の前にあった。
風はない。
星が包んでいる。
それは、雪ではなかった。
それは、小さな家ほどもある、大きな岩であった。
黒い巨大な岩。
しかも、ただの岩ではない。
その岩を、うっとり見つめながら、麻生はそこに立ち尽くした。
その岩の上に月が出ていた。
青い月だ。
月光の中に、シヴァの座が、青く光っていた。
——虚空の瞑想の座。
それは、この世で、最も美しい螺旋であった。
それは、この世で、最も完璧な螺旋であった。
「おお……」
麻生はつぶやいた。

それは、巨大な、オウムガイの螺旋であった。

りん……

第一部

——宿縁《えん》に依《よ》りて如来《きた》り
因果《とき》に依《よ》りて輪廻《めぐ》る

第一章　螺旋の宴

1

暗い闇の底に、螺旋《らせん》がいた。
螺旋のいるそこだけが明るい。
螺旋は、全部で七つ、いた。
――オウムガイ。

学名は、ノーチラス・ポンピリウス。

フィリピンを中心とした海域に棲息する、軟体動物だ。外見は、貝に似ているが、蛸《たこ》や烏賊《いか》の近種である。

七つの螺旋は、その水槽の中で、思いおもいの場所にいた。あるものは、奥の壁に張りつき、あるものは岩の間に、あるものは水面近くに浮いて、送られてくる酸素の泡がたてる波の中で揺れている。

一番大きなもので、十センチをやや超えている程度である。

闇の中で、麻生誠は、その螺旋を見つめていた。

――相模水族館。

江の島に近いこの水族館に足を運ぶのは、これで四度目であった。

水族館でのほとんどの時間を、麻生は、この螺旋の水槽の前ですごした。このオウムガイを見ることが、麻生の目的だったからだ。

最初に来たのは、二カ月前であった。

初めて、ここでその螺旋を見た時、麻生は軽い失望を味わった。

あの螺旋が、目の前にあった。

一瞬、胸が高鳴り、そして、それはすぐに静まっていった。

ひどくあっけない印象であった。

こんなものか。

そう思った。

頭に描いていたものとは、違っていた。

思っていたよりも、遥かにその螺旋は小さかった。赤褐色の模様がその殻《から》についていたが、特別に美しいものではない。

ただの貝である。

知識の上では、すでに、それが貝ではなく蛸や烏賊の近似種であることは知っていたが、視覚的には貝にしか見えない。

世界にたった四種しかいない、生きている化石と呼ばれるオウムガイのひとつを日にしているのだという感慨はあるが、それは、それ以上のものではなかった。

――これは違う。

そう思った。

麻生の脳裏に焼きつけられているあの螺旋とは、どこか、根本的に違うもののようであった。

マチャプチャレの頂で、天からの月光を浴び、濡れたように光っていた螺旋とは、明らかに違うものであった。

月光の中――

この地球上の最も天に近い場所で見たおびただしい螺旋の群――アンモナイトの化石。

その群の頂点で、静かに月光を受けていたオウムガイの化石は、螺旋の王のようであった。黒いはずのその石化した表面が朧《おぼろ》な燐光《りんこう》を放っていたようにさえ思う。

美しい夢の映像《シーン》のように、その光景が頭に残っている。

本当に、自分はあれを見たのだろうかと思う。

月光は、しんしんとそのオウムガイの岩の内部に染み込み、一億年の刻を経て、再びその内部から、熟成された甘やかな燐光となって外へ滲み出てきているかのようであった。

自分は今、一億年前にこの螺旋の中に染み込んだ月光を見ているのだ。

その時、自分の眼の前で、オウムガイに注いでいた月光は、一億年をその内部ですごし、一億年後の月の晩に、再び天に帰ってゆく――そんな気がした。

しかし、自分は、本当にその光景を見たのだろうか。

あれは、極限まで酷使され、疲労しきった自分の肉体が見せた、幻《まぼろし》であったのではないか――。

胸に刻まれたその映像が、もし、夢であったにしろ、ひとつだけ確かなのは、失《な》くなった五本の指である。

左手の、薬指と小指が、それぞれ第一関節から失くなっている。右足の小指と薬指、そして左足の中指も、途中から失《な》い。

凍傷でやられたのである。

あの状態の中で、その程度ですんだのは、奇跡のようなものであった。いや、生還できたこと自体が奇跡であったのだ。

どこを、どう下ったのか、気がついてみれば、記憶は定かではない。

何度も転び、雪上を滑落《かつらく》した。

その都度、起きあがって、歩いた。

第二キャンプまでたどりつき、転げるようにテントの中へ倒れ込んだところまでは、朦《もう》朧《ろう》と覚えている。

次に気がついたのは、ベースキャンプであった。

下から登ってきた川辺治と伊藤宗明が、膝から先をまだテントの外へ出したまま、気を失っていた麻生を第二キャンプで発見したのである。

快晴、無風という天候が、麻生を救ったのだ。そうでなければ、とても麻生は第二キャンプまでたどりつけなかったろうし、たどりつけたとしても、風が強く、陽光がなければ、膝から先は凍りついていたはずだ。

何よりも、川辺と伊藤が、ベースキャンプから第二キャンプまで登ってくることさえできなかったろう。

木島透が死に、麻生誠が生き残ったのだ。

それが、八カ月前であった。

麻生は、手足を合わせて五本の指を失った。

それが、麻生の肉体に刻まれた、八カ月前の刻印《しるし》であった。

そして、麻生の意識に刻まれたのが、螺旋であった。

失った指がもどってこないように、八カ月が過ぎた今でも、麻生の脳裏からは、その螺旋の映像は消えなかった。

刻《とき》を重ねれば重ねる分だけ、より深い心の深部にまで、その螺旋のかたちが染み込んでくるようであった。脳の細胞の一片一片の内部にまで、その螺旋が入り込んでいる。

夢にまで見た。

月の天に、あの螺旋が見えてくる。

すぐ眼の前に見えているくせに、手の届かない遥かな彼方の虚空に、その螺旋はあるようであった。

その螺旋を見ながら、麻生は夢の中で泣いているのである。

螺旋を見つめていると、胸が痛い。

憧れが、苦しいほどに、胸を締めつけている。

焦《こが》れ死にしそうなほどだ。

しかし、動くこともできずに、麻生は夢の中でその螺旋を見つめている。

涙だけが、溢《あふ》れてくる。
そんな夢だ。
普段の生活の中でも、自然に、そういうものに眼を引かれるようになった。
知らず、螺旋形のものに眼を止めている。
周囲に、螺旋は溢れていた。
巨大なものでは、星雲がそうであった。
小さなものでは、遺伝子の二重螺旋がそうであった。
さらに小さなものでは、原子核の周囲をスピンしている電子の動きがそうであった。
この大地自身も、自転と公転という螺旋の動きをするものである。
渦。
ねじ。
巻貝。
台風。
陰毛。
瓶のキャップ。
朝顔のつる。
走る車の車輪。

トイレットペーパー。

ボクサーの拳の動き。

数えきれないほどの螺旋が、世界に満ちていた。

しかし、どの螺旋を眼にしても、あの時、麻生の胸を切なく締めあげてきた想いは、蘇ってはこなかった。

あの螺旋を見たかった。

オウムガイのみが持つ、あの神秘の対数螺旋を見たかった。

そんな時に、麻生は、この相模水族館に、生きたオウムガイがいることを知ったのであった。

知った翌日には、もう、この水槽の前に立っていたのである。

それが、二カ月前であった。

しかし、生きたオウムガイを眼にしても、あの時と同様の想いは、胸に蘇ってはこなかった。いや、半分は蘇りかける。しかし、残りの半分が蘇ってこないのだ。切なく、狂おしいものがある。

かたちは同じ螺旋である。

見つめていれば、自分の内部に、その螺旋に呼応するものがある。脳裏に刻まれた螺旋が、同じ螺旋を前にして、共鳴しているのである。

もどかしい共鳴であった。

すぐ近くにあるはずの頂上の方向を、霧の中で見定めようとしているようであった。

目的のものに、ひどく近い場所に立っているのに、残った数歩の距離をつめることができないのだ。

たとえ、すぐ近くにあろうと、そこへゆくことができないのなら、それは、数億光年をへだてた星の距離と同じだ。

水槽の前で麻生が感じていたのは、その星の距離であった。

一週間後には、再び、麻生は同じこの水槽の前に立っていた。

遥かな星の距離であるにしても、この螺旋には、少なくともその距離を感じさせるものがあるのだ。

つい、この場所に足が向いてしまったのである。

この場所に立って、水槽の中の螺旋を見つめるのだ。できるのはその螺旋を見ることだけである。

そうして、一時間余りの時間を、七つの螺旋の前ですごすのだ。

今日が四度目であった。

しかし、オウムガイというのは、なんと不思議な生き物であることか。

いや、不思議というなら、生命そのものが不思議である。

螺旋を眺めていると、麻生の胸の中に、様々な想いが浮かぶ。

いったい、自然界におけるどのようなメカニズムが、このような生命をつむぎあげるのか。

肺魚《はいぎょ》。

シーラカンス。

カモノハシ。

それ等は、皆、化石として、地の底に埋まっていても少しもおかしくないレベルの生物である。そういう生き物が、現世に生きているのだ。

肺魚は、鰓《えら》と肺——正確にはうきぶくろで呼吸できる魚である。熱帯アフリカの沼や池に棲み、乾燥期で水が失くなると、うきぶくろに溜めた空気を呼吸して、土の中で次の雨期まで生きのびる。

シーラカンスはアフリカ東岸の深海に棲息する、四肢の骨格をその身体のうちに持っている、言わば、手足のある魚である。中生代の地層に同種の化石が発見されている。

どちらも、両棲類までの距離は、他の魚と比べて、あとわずかである。

カモノハシは、最も原始的な哺乳類である。オーストラリアの東南部や、タスマニア島のみに棲息し、口の形状は鴨の嘴《くちばし》にそっくりである。雌は、哺乳類でありながら、卵を生み、その卵からかえった子供を育てるのである。

いずれも、進化の間《はざま》にのみ存在する、現世に生きている化石種といってもいい。

オウムガイもまた、そういうレベルの生き物なのである。

そして、それ等の生き物の、どれよりも古い時代に、種としてこの地球に生を受けたのも、そのオウムガイであった。

前述の、どの種の生命よりも長く、種としてオウムガイは生き続けていることになる。

——およそ、五億年余り。

人の生命をスケールにして思えば、気の遠くなるような時間である。

オウムガイが発生したのは、古生代の海底である。

古生代が始まったのは、五億七千万年前だ。

地球の大陸はまだ現在の形をなしておらず、中心となった巨大大陸から分かれて、地球表面を移動する、はるばるとした旅の途上にあった。陸地のかなりの部分が、まだ海底にあった頃である。

古生代は、次の六紀に分けることができる。


カンブリア紀。

オルドビス紀。

シルリア紀。

デボン紀。

石炭紀。

二畳紀《にじょう》。

最後の二畳紀が終ったのが、現在から、およそ、二億三千万年前である。

三億四千万年の幅を持った時代である。

その次が、中生代だ。

中生代は、やはり、三つの紀に分けられている。


三畳紀。

ジュラ紀。

白亜紀。


三畳紀の始まった二億三千万年前から、白亜紀の終った七千万年前まで、一億六千万年の幅がある。

人類が現われるのは、次の新生代に入ってからだ。

オウムガイが生まれたのは、古生代のカンブリア紀の最初である。三葉虫《サンヨウチュウ》が生まれたのもこの頃である。

オウムガイは次のオルドビス紀に栄え、シルリア紀を経てデボン紀に入る頃には、その勢いは衰え、中生代三畳紀になる頃には、ほぼ、現在と似た種類のみとなった。

ちなみに、現生するオウムガイは、一属四種のみである。

一時は、知られているだけで、七十五科、三百属、三千五百種を数えたオウムガイは、古生代のまるまる三億四千万年をかけて、現在の螺旋を造りあげたことになる。

やはり、化石種で、オウムガイの近似種にアンモナイトがある。

オウムガイと同じく、蛸や烏賊の仲間だ。

このアンモナイトが、オウムガイから分かれて発生したのは、オウムガイの最盛期であるオルドビス紀の終った、シルリア紀の前期である。

約、四億年前だ。

このアンモナイトは、地質学的には、ほぼオウムガイと同じ時期の太古の海に発生していながら、現在では滅びてしまっていて、今、生きた種を見ることはできない。

アンモナイトは、中生代において、オウムガイにとってかわり、オウムガイ以上の最盛期をむかえたが、中生代の最後、白亜紀に突然絶滅した。

その理由はわかってはいない。

わかっているのは、アンモナイトは、生まれて、およそ三億四千万年生き、今から七千万年前に、絶滅してしまったということである。

オウムガイよりも後に生まれて、先に滅びたのだ。

似たような螺旋の生命体が、同じ海に発生しながら、似た環境のもとで、どうして一方は絶滅し、どうして一方は生き残ったのか。

その答を、麻生は持っていない。

不思議であった。

その不思議な生物であるオウムガイが、今麻生の眼の前にいる。

平日であった。

混んでこそいないが、たくさんの人間が、麻生の横を通り過ぎてゆく。

家族連れ、アベック、女どうしのグループ——男ひとりで来ているのは、麻生だけである。

いつの間にか、麻生の横を通り過ぎてゆく人間の数が減っていた。

どうやら、閉館の時間が近づいているらしい。

少し先の水槽の前で、アベックが全身をくっつけ合うようにして、ガラスの向こうを覗き込んでいる。

頬と頬とがくっついている。

アマゾンに棲む、世界最大の淡水魚、ピラルクのいる水槽の前だ。

そんな光景を、視界の隅にとめながら、麻生は、螺旋を見つめていた。見つめながら、本で眼にした知識を思い出している。

アンモナイト——オウムガイ。

一方が絶滅し、一方が残った。

それが麻生には不思議であった。

不思議というなら、自分たちもそうである。

木島透と自分のことだ。

木島が死に、自分が生き残った。

自分が死んで、木島が生き残っても不思議ではなかったはずだ。

体力も、雪上技術も、自分の方が木島より優れているわけではない。体力において、サラリーマンをやっていた木島よりも、わずかに自分の方が勝っていたくらいであろう。

それを、運命がふたりを分けたのだ。

高山病だ。

どんなに体力があっても、技術があっても、高山病にならないという保証はない。高山病はそういうことに関係なく襲ってくる。

先天的な体質や、その時の体調《コンディション》で、同じ人間でもその都度、違ってくる。

高山に弱い因子を、木島が有していたということなのだろうか。

それなら、仮に、その因子は自分の肉体が有していたとしてもよかったはずのものだ。

麻生の想いは、死んだ木島と螺旋との間を揺れ動いている。

その時、麻生は、ふいに、背後から声をかけられていた。

「オウムガイが、好きなんですか――」

男の声であった。

麻生は後方を振り返った。

そこに、ゴム長をはき、作業服を着た、ひょろりと痩せた男が立っていた。

男は、微笑していた。

知らない顔の男だった。

「え、ええ――」

曖昧《あいまい》に、麻生はうなずいた。

「この前も、来ていましたね」

男が言った。

「ええ――」

「たしか、三回目だったかな」

「四回目です」

「四回も!?」

「そうです」

麻生が答えると、また男は微笑した。

麻生とあまり変わらない年齢の男だ。おそらく、二十代の後半であろう。

「よっぽど、オウムガイが気に入ったんですね——」

男が言った。

麻生は、かたちばかりの微笑を男に返して、逆に訊いた。

「あなたは？」

「布引といいます。布引達雄——」

「——」

「水族館の者ですよ。そのオウムガイを担当しているんです」

「オウムガイを？」

「ええ」

男——布引は、歩いてきて、麻生の横に並んだ。

潮の匂いと、魚の匂いがした。

指で掻き混ぜたような、無造作な髪をしていた。

「あんまり長生きしなくてねえ」

溜息混じりに布引はつぶやいて、オウムガイに視線を向けた。

「オウムガイのことですか？」

「一年くらいで、これですよ」

布引は、これのところで、そろえた右手の指先を上に向けて、持ちあげながら指を開いてみせた。

「死んでしまうんですか」

「そうです」

布引は、浮いているオウムガイをしばらく眺めてから、

「すみません、邪魔しちゃって――」

麻生に頭を下げた。

つられて、麻生が頭を下げる。

「じゃ」

そう言って、背を向けて歩きかけた布引の背に、麻生は声をかけていた。

「布引さん――」

「何か――」

「もし、時間があったら、少し、話を聞かせてもらえませんか」

「話？」

「オウムガイの話です――」

麻生は言った。

2

風が吹いている。

しっとりと潮の香を含んだ風だ。

夕刻になっても、相模湾はまだ明るかった。

陽は、まだ沈んだばかりだったが、高い空には、まだ陽光が差している。昼の間に、相模湾の大気にたっぷりと陽光が染み込んでいて、陽が差さなくなっても、まだ大気が明るいのである。

風は、透明だった。

昼に見た時には、濃い群青《ぐんじょういろ》色をしていた海も、今はおだやかな色あいになって、風景の色を映している。

海の青には、ほとんどあらゆる色が溶けていた。

海の周囲に存在する全ての色が、そこにある。

空の色。

雲の色。

砂の色。

人の色。

車の色。

道の色。

家の色。

海に浮いているヨットの帆の色や、砂浜に立っている釣り人のTシャツの色までが、海に溶けているのだった。

空でさえ、単純な青ではない。

陽が沈んだばかりの、遠い山の端の上の空は、透明で、薄めた金色がその中に溶けている。ほんのわずかの赤みが、その透明な黄金色の中に混ざり、その上は、淡い、ブルーだ。

そのブルーが、天頂に近づくにつれて濃くなってゆく。濃くなってはゆくが、それは、昼のようなくっきりした青ではない。

青の輪郭《りんかく》が大気に溶けて、おだやかな色になっているのだ。

それらの色が、波のうねりの中でブレンドされて、いく重にも重なり合いながら、優しい色となって沖へ運ばれてゆく。

その上を、風が吹く。

江の島が見えている。

ウインドサーフィンの帆の色が、点々と海の上を動いていた。

昼と夜との間に、ほんの数瞬だけ存在する、透明な時間帯であった。

「いいな」

布引が、つぶやいた。

眼を細めて、海を見ている。

髪を潮風がなぶっていた。

暗い水族館の中で見るよりも、不精髭《ぶしょうひげ》が濃い。

三階建ての水族館の屋上にあるビアガーデンだった。

水族館が閉館した後も、夜まで営業をしているのである。

屋上の半分は、屋根のあるレストランになっていて、残りの半分——海側がビアガーデンになっているのである。

食事もできる。

一番海側の席に、麻生と布引は腰を下ろしていた。

丸いテーブルを挟んで、向かい合っている。

麻生の左側が海だ。

すぐ下を海岸道路が走っている。

ビアガーデンの席は、半分近くが埋まっていた。

レストランもこのビアガーデンも、若者風なしかけはこれといってやってないが、客の大半は、若い学生風の男女だった。

ジーンズに、シャツかTシャツといった組み合わせの男女が多かった。

見あげれば、空が広い。

ふたりは運ばれてきたビールを、ジョッキで喉の奥に流し込んだばかりだった。

「海が好きですか」

麻生が訊いた。

「好きです」

ためらいのない、素直な返事だった。

「麻生さんは？」

布引が訊いてきた。

「ぼくは、山が専門ですから――」

「海が好きじゃない？」

「そんなことはないです」

麻生は答えた。

「でも、オウムガイは気に入っているみたいですね」

「ええ、まあ――」

「うちのオウムガイのことを、どこで聴いてきたんですか？」

「科学雑誌のバックナンバーを見ていたら、それに、こちらのことが載ってました」

「科学雑誌？」

「ええ」

麻生は、その雑誌の名を告げた。

「ああ、あれですか」

「〝生きている化石〟という特集のやつです」

「八年くらい前のやつですね」

「そうです」

麻生は答えた。

そのページの中に、オウムガイのいる唯一の水族館として、相模水族館の名前が載っていたのである。

「日本で、唯一生きたオウムガイを見られる水族館だそうですね」

「あの頃はね――」

「今は、違うんですか」

「残念ながらね。どこでもというわけではないんですが、あちこちの水族館でオウムガイを飼ってますよ」

「――――」

「今、うちにいるのは、ノーチラス・ポンピリウスというやつでね、フィリピンあたりの海域で、かなりの数、捕ることができるやつなんです――」

「そうなんですか」

「死んだ魚を入れた籠を、オウムガイのいる、水深二百メートルから、七百メートルの海底に下ろしておくと、その中に入ってくるんですよ」

　言ってから、布引は、ジョッキを唇に運んだ。

「記事に出てたのは、オオベソオウムガイというやつでね、ニューカレドニア島から、フィージー諸島のあたりにいるやつです。あの頃は、うちの水族館と向こうの水族館と仲がよくて、オオベソオウムガイを送ってもらったりしてたんですが、最近はなんとなく疎遠になってましてね。それで、今、うちにいるのは、昔、フィリピンの業者から買ったものばかりなんです――」

「フィリピンのオウムガイは、みんなあの大きさなんですか――」

「いえ、成長すれば、殻の直径が二十センチを超えるはずなんですが、なかなか人工的に、その大きさに成長するまで飼うことができないんですよ。どこの水族館でも、まあ、一年くらいじゃないかと思うんですが――」

「現代に生き残っているオウムガイは、全部で四種類だという話ですが――」

「そうです。今、話の出たオウムガイ――つまり、ノーチラス・ポンピリウスと、他に三種類だけです」

布引は、それぞれの名前をあげていった。

オウムガイ（N. pompilius）。

パラオオウムガイ（N. belauensis）。

オオベソオウムガイ（N. macromphalus）。

ヒロベソオウムガイ（N. scrobiculatus）。

その四種がそうだ。

そのどれもが、南太平洋の西の海底に現在も生息している。

「オウムガイの殻の中には、気房《きぼう》がありましてね――」

「ええ」

「隔壁で区切られた、部屋のようなやつで、それがいくつもあるんです。その中は空洞になっていましてね。外側の気房が一番広くて、そこは住居と呼ばれてるんですが、そこにオウムガイの本体が入っているんです」

「――――」

「で、そのオウムガイの本体が死にますとね、殻が浮くんですよ。それで、その殻が黒潮に乗って運ばれて、どうかすると日本にも流れ着いたりするんですね」

布引は言った。

麻生は、ジョッキのビールを口に運んで、それを飲んだ。

泡の消えたビールは苦かった。

「それで、そのオウムガイなんですが、大きくなると、どれくらいの大きさになるんでしょうか――」

麻生は訊いた。

「さあ――」

布引は首を傾《かし》げた。

「どの種類でもいいんです。大きくなると、どのくらいのものになるんですか」

「ひと口には言えませんね。色々な条件にもよるでしょうし、食料の事情によってはかなりの大きさにまでなるかもしれません」

「それが、どのくらいの大きさなのか、見当がつきませんか――」

麻生が訊くと、布引はまた、首を傾げた。

「大きいって、たとえば、どのくらいの大きさのことを言ってるんですか」

布引が、逆に麻生に訊いてきた。

「たとえば、小さな家一軒くらいの大きさです――」

麻生が言った。

「まさか、どんな条件がそろったって、そこまでの大きさにはなりませんよ。ぼくが今、迷っていたのは、全然別のスケールの話でね。まあ、二十五センチの大きさにまではなるとして、三十センチをどれだけ超えるかという、そういうレベルのことですよ。そりゃあ、大きすぎる――」

「そうですか」

「たとえば、人間で考えてみればわかりますよ。二メートル身長がある人は、世界に何人もいるとして、では、身長が三メートルを超える人間がいるかどうかとなると、答はノーです。身長が、二メートル七十五センチくらいの人間がいたという記録は、どこかで眼にしたような記憶があるんですが、それがおそらく、人間の身長というのでは最高でしょう――」

「――――」

「麻生さんのおっしゃっている大きさのオウムガイがいる可能性は、身長三メートルの人間がいる可能性よりも遥かに低いはずですね」

「あり得ませんか」

「そう言ってかまわないでしょう」

「では、現存していない種ではどうなんですか――」

「現存していないというと?」

「いえ……」

「麻生さんは、どこかで、そういう大きさのオウムガイが存在するという話でも聴いたことがあるんですか」

麻生を見たその視線が、ふっとそれまでとは別の色を宿した。

麻生を見た。

「これはもちろん、聴いたことがないという意味で、存在しないという意味じゃありません。どこかに、そういう大きさのオウムガイの化石が埋もれている可能性までは否定しませんが、その可能性は、きわめて少ないと思います」

空になったジョッキを、テーブルの上に置いた。

飲み干した。

布引は、言い終えて、また、ジョッキを手に持った。

「ええ、アンモナイトはね。しかし、オウムガイは、聴いたことがないですね」

「アンモナイトには、直径が二・五メートルくらいになるものがいると聴きましたけど」

「いますよ。二十センチより大きくなるやつならね。しかし、そんな家ほどの大きさとなると――」

麻生が言うと、布引は小さく首を振った。

「化石種ではどうなんでしょう」

麻生は、思わず首を振っていた。

マチャプチャレの山頂で見た、あのオウムガイの螺旋が浮かんでいた。

あの螺旋のことは、まだ誰にも話してはいない。

伊藤にも、川辺にもだ。

特別な理由があって口をつぐんでいるわけではなかった。ベースキャンプで蘇生した時に、そのことを話してもよかったのだ。

しかし、麻生は、しゃべらなかった。

木島が死に、テントが流され、その後に単独で頂上に向かい、結局は頂上にたどりつけずに、下ったことになっている。

半分以上は真実であった。

ただ、螺旋のことを黙っていただけである。限りなく頂上に近い場所までは行ったが、結局は、真の頂であるあの螺旋——オウムガイの化石を足の下に踏むことはなかったのだ。

——虚空の瞑想の座。

そう呼ばれている頂であった。

一度言いそびれてしまうと、次にしゃべるきっかけはなかなかつかめなかった。

ポカラの病院に入った時には、すでにしゃべるタイミングを逸していたのである。

だから、布引にも言えないのだと思う。

つい、首を振ってしまったのだ。

伊藤も川辺も、雪の中で互いに生命をあずけ合った仲間である。生命まで助けられている。そのふたりにしゃべっていないことを、布引にしゃべるわけにはいかない。

かといって、そのように強く心に決めて、しゃべらないというわけではむろんない。

なりゆきである。

なりゆきでしゃべらないだけだ。

だから、いつか、何かのかげんで、誰かにあの螺旋のことをしゃべってしまう場合もあるかもしれない。

そのいつかが、今ではなかっただけのことである。

しかし――

と、麻生は思う。

今、この布引に、あの螺旋のことを語らないというのはともかくとして、最初の時、どうして、川辺と伊藤に話さなかったのか。

タイミングがずれてしまったという以上の理由がもし、仮にあるとするなら、それは、あの体験が、あまりにも神秘的で、美しい体験であったからだ。

そう想う。

単純に考えてみれば、山の頂に化石があり、それを眼にしたというだけのことである。

ヒマラヤ山塊は、太古、海の底であった。

だから、そこからアンモナイトやオウムガイの化石が発見されようが、不思議でもなんでもない。現に、発見されてもいるのである。

しかし、あの時自分は、ただ見たというだけのことではなく、魂に属する体験をしたのだと麻生は思っている。

魂が螺旋を体験したのだ。

だから、語れないのである。

それは、あまりにプライベートな体験だからだ。

その体験がプライベートなものであったからこそ、人に語ろうとして、語りそびれてしまったのである。

一種の宗教体験であるといってもいい。

それを他人に語るということは、その体験の持っている美、神秘性、神聖なものが損《そこな》われてしまうという意識も、ないわけではなかった。

そのことを、麻生は知っている。

自分が、天に近い山頂で遭遇《そうぐう》したあの体験は、そういうレベルのものだったのだ。もし、そのことを、伊藤や川辺に語らなかった理由があるとしたら、そういうことであるからだと麻生は思っている。

「ぼくはまた、麻生さんが、そういう大きさのオウムガイに心あたりがあるのだと思いましたよ」

布引は言った。

眼を細めて、麻生を見、その視線を海へ転じていた。

相模湾の上に、ようやく、夜の闇が広がろうとしていた。

――六月。

もう、いつ、梅雨に入ってもおかしくない時期であった。

濃さを増し始めた闇の中で、相模湾の水の色が、深みのある藍色《あいいろ》に変化していた。

視線を海へ転ずる度に、海はその様相を変化させてゆく。

布引につられて、海へ視線を向けた麻生は、そう思った。

風が、しきりに自分の髪を揺すっている。

海のうねりは、そのまま、ひとつずつがエネルギーを秘めた螺旋であった。

いくつもの螺旋のうねりが重なり合い、それが、ひとつの大きな螺旋のうねりとなって、遥かな沖へ向かって動いているようであった。

うねりが運ばれてゆくその果ては、星のきらめき始めた、溜め息の出るような、水平線の上の天であった。

3

音が、聴こえていた。

雪の音だ。

雪が、背の下で軋《きし》む音だ。

一トンや二トンの雪ではない。何万トン、何千万トンという雪が、ほんのわずかに身じろぎする音だ。

動きでいうなら、一ミリの何分のいくつかの距離だ。

その距離を、雪が動いたのだ。

広い範囲に渡って、亀裂が疾ったのがわかる。

来るぞ。

と、思う。

来る。

必ず来る。

汗をかいていた。

その汗が、肌に張りついて、身体を締めつけてくる。

逃げなくては、と思う。
ナイフだ。
ナイフを握り締めようとする。
しかし、ナイフは見つからなかった。
早くナイフが見つからないと、あれが来てしまう。
あれ、というのは雪崩《なだれ》のことだ。
寝袋の中のどこかにあるはずであった。
それを手でさぐろうとする。
だが、手が動かなかった。
理由はわかっている。
自分が眠っているからだ。
眠っているから、手が動かないのだ。
だが、眠っていても、わかっている。
雪崩が必ずやってくることが、である。
起きなくては、と思う。
しかし、眼が開かない。
ふいに、背中の下の雪が動いた。

ごう……

と、遥かな頭上の、天に近い場所で音がした。

声をあげていた。

声というより悲鳴であった。

その悲鳴で眼が醒めていた。

寝袋の中であった。

寝袋を強引に這い出した。

「逃げろっ」

声をあげながら、テントのファスナーを開き、靴下のまま、夜の雪の中に飛び出した。

走る。

星が見えた。

そして、麻生は気がついた。

呆然と、そこに立ち尽くした。

見まわせば、そこはヒマラヤではない。

大きな雪のカールの上に、見知った岩の尾根が天の半分をふさいでいた。

唐沢《からさわ》であった。

左から、前穂高。

吊り尾根。

奥穂。

唐沢岳。

北穂。

それ等の岩峰が、月光の中に黒々と見えていた。

「先輩……」

声がした。

自分が出てきたばかりのテントから、男が這い出てきた。

ヘッドランプの灯りが、黄色く雪を照らした。

「どうしたんスか――」

伊藤であった。

「どうしたんスか、先輩……」

伊藤が、歩み寄ってくると、麻生の肩に手を当てた。

「すまん」

つぶやいて、麻生は、小さく首を振った。

肩に当てられた手が、自分を揺すっていた。

「すまん……」

麻生は、もう一度言った。

「すまん」

自分を揺すっている手の動きが、やや強くなった。

「どうしたの?」

耳元で声がした。

「麻生さん——」

女の声だ。

そして、麻生は、本当に眼を醒ましたのであった。

小さい灯りが、ぽつんと、頭の先の闇の中に光っていた。

右横を向く。

上半身を半分起こした姿勢で、女の顔が、麻生を覗き込んでいた。

「苦しそうだったわ」

女が言った。

「大丈夫だ……」

麻生は、緊張していた全身の筋肉をゆるめた。

泥のようになって、身体がベッドの中へ沈み込んでゆくようだった。

「また、あの夢を見たの?」

女が言った。

麻生は、肯定とも否定ともとれる、曖昧な首の振り方をした。

何の夢を見たかはわかっている。

今年の三月、大学の山岳部の合宿に参加した時の夢であった。

ヒマラヤ以来、最初の山行であった。

上高地から、唐沢に入り、そこでテントを張った。

そこをベースキャンプにして、雪上技術の訓練をするためのパーティであった。

そこでの最初の晩に、麻生は、雪崩に襲われる夢を見て、外へ飛び出していたのだった。

その時の夢を見たのだ。

「もう、おれは失格だな……」

麻生はつぶやいた。

「失格？」

女が訊いた。

「山屋としてさ」

麻生の名前には、すでに傷がついている。

トレッキングパーミッションしか持たずに、危険なヒマラヤ登山をくわだてたパーティの中心人物である。しかも、登ろうとした山は、登頂を禁止されている山であった。

さらには、パーティの仲間のひとりが死んでいる。

これまで特別な実績こそなかったが、麻生の山屋としての評判は、決して悪いものではなかった。

それなりの場と機会《チャンス》さえ与えられれば、かなりの実績を残す技術も体力もある人間だと、麻生を知る人間たちの間では、そう思われていた。

昨年のヒマラヤの事件で、その評価が変った。

肉体《からだ》にも傷を負った。

凍傷で、手足を合わせて、五本の指を失っている。

その精神に負った傷は、もっと深い。

木島の死。

挫折感。

雪崩への恐怖。

名につけられた傷にしろ、肉体につけられた傷にしろ、心につけられた傷にしろ、どれもが、麻生が生きてゆく限り、一生消えない傷だ。

もし、他人がそのことを忘れたとしても、麻生自身が、それを忘れることはないはずであった。

——おれは、一生記憶《おぼ》えているだろう。

そう、麻生は思う。

雪崩への抜きがたい恐怖――。

眼が醒めているうちは、なんとかその恐怖をおさえることはできる。

しかし、眠っている最中にはどうしようもない。

小さな雪崩の爆風が、ちょこっとテントに触れてきただけで、パニックをおこしてしまうかもしれない人間と、誰がパーティを組んでくれるのか。

たとえ日本の山だろうが、どこの山だろうが、相手への信頼なしには、ザイルを組めるわけはなかった。

自分にできるのは、ハイキングに毛の生えた程度の登山であろうと、麻生は思った。

足の指の傷は、なかなか完治しなかった。

山を歩けば、すぐに、切られた指先の皮膚が破れ、血が流れ出す。

どんなに厚く、ウールの靴下を重ねてはいても、それは同じだった。

もともと、靴というものは、足の指が揃っていることを前提にして造られている。そういう靴を、指のない足ではけば、負荷が一部にかたよりすぎてしまう。

普通に道を歩くだけならいいが、ザックを背負い、岩や樹の根の露出した山道を歩けば、たちまち足が悲鳴をあげる。

それはなんとかなるにしても、岩壁登攀《ロック・クライミング》は、今の段階ではまず無理であった。

足の指が何本かないだけで、感覚がまるで違うのである。

数ミリのスタンスに、靴の先を乗せるような場合もあるのだ。その時の微妙なバランスと感触が、指がないだけ、根本的に異質なのである。

「失格さ――」

仰向けになったまま、麻生はもう一度つぶやいた。

無言で、女が、身を擦《す》り寄せてきた。

麻生の右肩に頭を乗せて、胸に右手をまわしてくる。

右腕で、麻生は、女の身体を引き寄せた。

裸の女の肌が、自分の身体に触れてきた。

女の肉と血の温度が、触れ合っている部分から、ゆっくりと麻生の身体の中に入り込んでくる。

麻生もまた、全裸だった。

何時間か前に、互いに激しく貪り合った肉体だった。

それが、女の肉体も麻生の肉体も、今は、海のように静かに凪《な》いでいる。

遠い、潮騒のように、夜の街の音が、ホテルの上層にあるこの部屋まで届いてくる。

「小夜子さん――」

麻生は、小さく言った。

女の方に顔を向けた。

女の瞳が、闇の中で大きく開いたまま、麻生を見ていた。

濡れたその表面に、小さな灯りが映っている。

長い髪が、額から頬にかけてほつれている。

麻生は、腕に力を込めて、女の身体を、さらに強く自分の方に引き寄せた。

女——五木小夜子。

二カ月前までは、木島小夜子だった女である。

木島が死んで半年後に、姓をもとの五木にもどしたのだ。

麻生が、小夜子とこのような関係になったのは、小夜子が、姓を五木にもどしてからのことであった。

女の腕にも、力がこもった。

「これまで、黙っていたことがあるんだ……」

麻生は言った。

「なに?」

小夜子が言った。

「誰にもまだ言ってない。でも、小夜子さんには言っておかなければと、前から考えていたんだ——」

微かに口ごもりながら、麻生は言った。

沈黙があった。

やがて、麻生が、また唇を開いた。

「ヒマラヤでさ、木島とふたりで、テントの中に閉じ込められていた時だよ。吹雪はやまず、食い物はなくなってね――」

麻生は、低い声で、その時のことを語り始めた。

食料が尽き、吹雪はやまず、高山病でやられた木島は、幻聴を聴くようになった。何度か、小夜子にはしたことのある話である。その時のことを、麻生は、淡々と語った。

語る途中で、麻生は、いったん口をつぐんでから、

「おれは、木島が死んだらと、そう思ったんだ。木島が死んだら、おれの分の食料が残るって――」

黒い、堅い石を吐き出すように、麻生は言った。

長い沈黙があった。

「ずるいな、おれは――」

麻生が小さくつぶやいた。

眼を開けて、ホテルの天井を見ていた。

ごお……

天井の遥か上で、吹雪が鳴っているようであった。

「ずるい？」

小夜子が言った。

「ああ」

「どうして？」

「おれは、たぶん、自分が楽になりたくて、そんなことを言ったんだな――」

「――」

「言ってから、そのことがわかった」

「楽になった？」

小夜子の声は、囁くように小さかった。

「よくわからない」

麻生は言った。

わからないというのは、本音だった。

あのような状況のなかで、自分が、特別な感情を抱いたのだとは思わない。

しかし、抱いたという事実は動かない。

木島が実際に死んだということが、その事実を重くしていた。

――あの吹雪さえなかったら。

麻生はそう思った。

あの時期にしては、記録的な大雪で、それが長期間続いたのだった。

山を下りてから知ったのだが、その時期、大型サイクロンがふたつ、ベンガル湾に長い間居座っていたのだという。

そのサイクロンが、最終的に、消えずにヒマラヤを越えたのだ。

それが、あの大雪の原因であった。

エベレストでは、第三キャンプに雪で閉じ込められたインド隊の五人が、食料が尽きて疲労凍死している。

アンナプルナでは、三人のイギリス人が、ダウラギリでは四人のアメリカ人が、マナスルではシェルパひとりが、それぞれ雪と雪崩のために死亡していた。

中国側から、エベレストに登頂しようとしていた日本隊も、登頂を断念した。

それほどの雪であったのだ。

しかし、どれだけの雪が、その時降ったにしろ、麻生が胸に抱いたその思いを忘れさせてくれるというものではなかった。

そのあげくに、木島の妻であった小夜子と、このような関係になっている。

帰ってきてからは、ヒマラヤへゆく前になにかと世話になっていた登山用具専門店で、麻生は働いているが、なんとなく、そこに身を寄せているのも辛かった。

「ね」

小夜子が言った。

その声がよく聞こえなかった。

一瞬、耳が塞がれたようになっていた。

その奥——頭の芯で、小さく鈴のような音が聴こえているような気がした。

ヒマラヤから帰ってきてから、よく、そのような状態になる。

気圧の変化の影響を、人体で一番もろに受けるのが耳である。

耳抜きが、うまくできなくなっているようであった。

高い標高まで行ったことの後遺症があるとすれば、それは、耳であった。

「ね」

と、小夜子がまた言った。

「なに？」

麻生が言った。

小夜子は、麻生の頭ごしに、窓へ視線を向けていた。

「雨……」

と、小夜子が言った。

麻生は、窓の方へ寝返りを打って、そこへ視線を向けた。

カーテンが半分開いて、窓ガラスが見えていた。

そのガラスの外側に、部屋の暗い灯りを受けて、無数の小さな水滴が張りついていた。

その彼方に、ぼうっと、夢のように、夜の街の灯りが煙っていた。

梅雨に入ったのであった。

冷たくなった麻生の背に、小夜子が、やはり冷たくなった乳房を押しつけて、背後からしがみついてきた。

4

布引達雄から、麻生が働いている店、〝岳人館〟に電話があったのは、七月に入ってからであった。

あれ以来、相模水族館には一度出かけただけで、そのおり、布引には簡単な土産《みやげ》を置いてきている。

安くも高くもない、ほどのよい値段の酒が一本である。

話につき合わせたあげくに、ここは自分の顔でつけがきくからと言う布引に、ビアガーデンでの払いまでさせてしまったからである。

その時に、働いている店の名は言った記憶はあるが、電話番号までは言ったおぼえはない。

「よく、ここの電話がわかりましたね」

　電話に出た麻生がそう言うと、

「言われた店の名前で、電話番号を調べたんですよ――」

　布引が言った。

「何か？」

　麻生は訊いた。

「今朝の新聞を読みませんでしたか」

　布引が言った。

「新聞？」

「オウムガイですよ」

「オウムガイって――」

　麻生は言葉につまった。

「じゃあ、新聞は読んでないんですね」

「とってないんですよ」

　麻生は答えた。

　ヒマラヤから帰って、独り暮らしのアパートに新聞をとっていないのは、金がないからであった。

新聞は、岳人館に出る時に、駅か電車の中でいくらでも手に入れることができた。

その新聞にしても、毎日読むわけではないし、スポーツ紙を読む場合の方が多い。

「実はですね、二日前の朝に、オウムガイが捕れたんですよ」

布引が言った。

「え?」

「オウムガイが、平塚で捕れたんですよ」

「捕れたって――」

「生きているやつです、地引き網の中に、他の魚に混じってね」

「なんですって?」

「ノーチラス・ポンピリウス――うちのと同じ種類なんですが、何しろ、生きてるやつが、日本で捕れたんですからね」

「――」

「たぶん、フィリピン海域のやつが、何かのかげんで、黒潮に乗っかって、やってきたんだと思いますがね」

「それで、電話を――」

「そうですよ。そのオウムガイを、うちの水族館であずかることになりましてね。それが、今朝の新聞に載ってるんです。大きなやつです。その記事をあなたが眼にしたら、いずれ、こっちに顔を出すんだろうと思いましてね。それで、それならこちらから連絡しようと思って、電話を差しあげたんですよ」

「それはつまり、ぼくが、そちらへ新しいオウムガイを見に行ってもいいということですね」

「ええ、どうせ、二、三日中には、一般公開になりますけどね。来る時は、電話をいただければ、少し、時間をとれるようにしておきますから――」

布引が言った。

「わかりました。行く時は、連絡します」

麻生は、低い声で、答えていた。

5

――七月。

早朝であった。

午前五時になる前に、陽が昇ってくる。

銀色の朝であった。

すでに、陽は、水平線の上に出ているはずなのに見えなかった。

東の水平線上の空が、一面、銀色に光っているだけである。

その光が、海面や、砂浜の上に立ち込めたもやに映って、その海岸一帯が、ぼうっと銀色に明るかった。

平塚市――

花水川の河口より、少し東京寄りの砂浜で、十人近い人間が網を引いていた。

地引き網であった。

シラスを捕るための網であった。

舟で、沖へ網を下ろし、砂浜からその網を引くのである。

シラスは、透明な魚だ。

鰯《いわし》の稚魚である。

大きさも、せいぜい三センチから四センチくらいで、生のまま、喰べることもできる。

網に入ってくるのは、シラスだけでなく、もっと大きくなった成魚に近い鰯もいる。

スズキ。

イシモチ。

フグ。

キス。

ボラ。

様々な魚がその中には混じっている。

しかし、どれも稚魚が多い。

季節によっては、鮎《あゆ》の稚魚や、鰻《うなぎ》の幼魚が混じることもある。

魚だけではなく、烏賊や蛸、蟹《かに》の小さなものまで混ざっている。

引き終えたばかりの網を開けると、中で、朝の陽光を浴びて、鱗《うろこ》がきらきらと光る。

朝食がわりに、その場で碗に捕れたばかりのシラスを入れ、醤油をかけて、まだ生きたままのやつをつるりと喰べたりする。

石塚順三は、いつも、それを楽しみにしている。

ついでに、シラスを喰いながら、日本酒を冷やでひっかけるのだ。

その朝も、そのつもりだった。

今年で、六十二歳になるが、この時期のその朝の酒と、夜の晩酌だけは、欠かしたことはなかった。

順三の足も腰も、しっかりしている。

腕も、陽に焼けて黒い。

皮膚が乾いてゆるんでいるが、その下にあるのは、まだかなりの負荷に耐えることのできる筋肉である。

顔の色は、腕以上に黒く、皺が深い。
そこらの砂浜にあげてある船以上に、海の陽と、潮風とにさらされてきた顔であった。
皺の間や、皮膚の内側にまで、潮が染み込んでいる。
波の中から、網が引かれて、あがってきた。
重かった。
いつもの倍近い量が入っているらしい。
網を開いた。
順三の視線が、堅くなった。
網の中に、何かがいた。
きらきらする透明なシラスに埋もれて、それは動いていた。
動いているのは触手であった。
——何だ!?
順三は思った。
蛸か!?
烏賊か!?
そう思う。
いや、それは、蛸でも烏賊でもなかった。

貝に似ていた。

似てはいるがしかし、それは貝でもなかった。

「むう」

声をあげていた。

気味の悪いものを見たように、背の体毛がそそけ立つようであった。

五十年以上も海で働いてきて、そのようなものを見るのは、順三は初めてであった。

他の全員の視線が、やはり、それに注がれていた。

そして、その日、順三は、シラス漁に出るようになって初めて、シラスも食べなければ酒も飲まなかったのであった。

6

「その石塚順三という爺さんから連絡があって、うちのものが出かけて行ったら、オウムガイだったのさ――」

布引は、椅子に座って、麻生に言った。

「そうだったのか――」

麻生は、やはり椅子に座って、布引に向かい合っていた。

ふたりの間の会話は、いつの間にか、遠慮のないものに変っていた。

生きたオウムガイが日本で捕れたという事件が、ふたりの間に残っていた遠慮を取りはらったのだ。

ふたりの間には、使い込んだスチール机があった。

その上に、湯呑み茶碗が出ていて、湯気をたてていた。

今しがた、麻生は、閉館後の水族館で、平塚で捕れたというオウムガイを見てきたばかりであった。

それまでのものに比べ、確かにそれは大きかった。

殻の直径が二十五センチくらいはありそうであった。

さすがに、それだけの大きさのものになると、見ていて迫力があった。

それを、布引と一緒に見、この事務所にもどって、布引から説明を聴いていたところであった。

「生きたオウムガイが、来るんだな——」

布引は、しみじみと言った。

お茶よりは、ビールが欲しそうな雰囲気だった。

「それほど、これは凄いことなのか——」

布引の口調も、麻生の口調も、互いに相手に慣れたせいか、リラックスしたものになっていた。

年齢を訊いて、互いに相手が自分と同年齢とわかったためもあるのかもしれなかった。

「凄いさ」

布引は言った。

自分の湯呑み茶碗に手を伸ばし、音をたてて、それをすすった。

「普通じゃ、まずあり得ないようなことだな――」

「どうしてだ？　殻は流れつくことがあるんだろう？」

「殻は、もう、餌《えさ》の必要がないからな――」

「餌か」

「そうだ。オウムガイの喰い物は、普通は甲殻類《こうかくるい》なんだ。肉食なんだ。死んだ魚を喰べたりはするけどね」

「甲殻類？」

「蝦《えび》とか、蟹だよ。その意味がわかるかい？」

「どういうことなんだ」

「オウムガイはさ、海中を移動したりもするさ。海水を取り込んで、それを吐き出しながら、ジェット噴射の要領でね」

「――」

「だけど、スピードがあるわけじゃない。魚に比べたら、哀れなほどのスピードだよ」

布引は言った。

しかし、麻生には、まだ布引の言葉の意味がわからない。

黙ったまま、布引の次の言葉を待った。

「つまりだよ。オウムガイの喰い物は、海の地べたを這ったり動いたりしているような連中なんだ。やつらの棲んでいるところからここまで、およそ三千キロ。まさか、その距離を、海底を這ってきたとは考えられないだろう?」

「ああ」

「しかし、そうしなければ、彼等は、生きてここまでたどりつけないんだよ。黒潮に流され、その中を泳ぎながらだと、いったい、何を食べる? 魚なんか、とても捕まえられるもんじゃないからな」

「海底づたいに来るには距離がありすぎて、黒潮に乗ってやってくるのでは、飢え死にしてしまうということか」

「そうだな」

布引は言った。

「その両方ってのはどうなんだ?」

「両方?」

「移動する時は黒潮で、腹が減ったらば、底に降りて喰い物を捜してさ――」

「まさか」

「あり得ないか」

「あり得なくはない。可能性ということでならな。しかし、実際問題としては、まずその線はないだろうな。少なくとも、自分の意志で、黒潮に乗ったり、海底に沈んだりと、長旅のためにそれを繰り返しながらやってきたということはないだろうな。それに、あっちの気候と、こちらの気候が違いすぎる。喰い物だけあればいいという問題じゃないんだぜ」

「しかし、現実に、オウムガイがやってきたのは事実だ」

「そうだな」

「日本の海域にも、オウムガイがいるという可能性は？」

「ほとんどないだろうな」

「そうか」

「それに、調べた限りでは、あれはまぎれもない、ノーチラス・ポンピリウスだよ」

「ああ」

「普通じゃ、このあたりの海で生きてゆける生物じゃないんだ」

「しかし、黒潮の温度は、あまり変らないはずだろう？」

「ああ。その通りだよ」

「ならば、なんとか、死なずにやって来れるんじゃないのか」

「いや、実際にはそんな簡単なもんじゃない。彼等が棲んでいるのは、水深四百五十メートルから、五百メートルのあたりで、摂氏十八度前後の温度が、一番棲むのに適しているんだ。黒潮の温度は、冬では十八度、夏では三十度になる……。しかし、どんなに理屈を並べても、現実にノーチラス・ポンピリウスが来ているわけだからな」

「そうさ」

「たった一匹のオウムガイが、生きて日本にたどりつくためには、いったいどれだけの数のオウムガイが同じ旅に出なければならないんだろうな。千匹？　一万匹？」

「――――」

「あっちこっちの海洋研究所から問い合わせが来ているよ――」

「やっぱりな」

「いいさ。おれだって、現実まで否定するつもりはない。それに、不思議は好きだからな。どれだけの偶然が重なれば、ノーチラス・ポンピリウスが、生きて日本までたどりつくのかわからないが、それが重なったということだろう。その偶然に、おれは素直に感動するよ」

「そうだな」

麻生は言った。

「それに、生きたオウムガイが日本に流れついたという記録が、これまでにないわけじゃない」

「あるのか」

「鹿児島にね」

「いつだ？」

「一九七八年四月五日だ。薩摩半島の南端にそびえる開聞岳のふもとにある川尻港で、定置網にひっかかっていたんだ。生きたノーチラス・ポンピリウスがな」

布引は、そう言って、小さく首を振り、麻生を見た。

その時になって、ようやく、麻生は、自分が手ぶらでやってきたことに気がついたのだった。

酒でも、差し入れに持ってくればよかったかと思った。

今日は、この布引が当直の日であった。

電話を入れたら、その日は当直だから、閉館近くに顔を出せば、ノーチラス・ポンピリウスをゆっくり見ながら話ができると、布引が麻生を誘ったのである。

「ヒマラヤは、どうだった？」

ふいに布引が言った。

麻生は、一瞬、布引が何を言ったのかわからなかった。

「ヒマラヤさ」

もう一度、布引が言った。

そして、麻生は、布引が何を口にしたのか、ようやく理解したのだった。

布引が、麻生を見ていた。

麻生がどう答えるか、それを期待しているような眼つきだった。

カバーのない、天井のむき出しの蛍光灯の灯りが、ふたりを頭上から照らしていた。

「行ったんだろう？　ヒマラヤへさ――」

布引がまた言った。

「行ったよ」

麻生がつぶやいた。

「昨年だったっけな？」

「十月だ――」

「ふうん」

「知ってたのか――」

「いや、始めからじゃない。どこかで見たような顔だと、最初は思ってたんだけどね。やっぱり当ったたな」

「どうしておれのことを知ってたんだ」

「新聞に出たじゃないか。ヒマラヤで無謀な登山をやった日本人のことは。新聞には写真は載らなかったが、アウトドア関係の、山の本だか何だかには、ちゃんと写真が載っていたと思うよ。そこで、麻生さんの顔写真を見たんだと思うな。その写真のことが、ずっと頭にこびりついてたんだな。おれと同じ歳だったからさ、妙に気にはなってたんだ。雑誌のバックナンバーが、ここにあるんだよ。そういうのが好きな連中が多くてね。心当りの号をひっくり返して捜してみたら、麻生さんの記事があってね——」

「——」

「妙にさ、気になっちゃって。別に、わざわざ訊く必要もなかったんだろうけど、気になると、それがつい口から出ちまう。悪かったかな——」

「いいさ。こっちも、隠そうとしてたわけじゃない。わざわざ言う必要がないから言わなかっただけのことだ」

「海の話ばかりしてたから、山の話を少し聴いてみたかったんだが、無理にとは言わないよ——」

「いいさ。どうせ、言いたくない話は、訊かれても言わないだけのことだからな——」

「しかし、こっちから言い出したことだが、今日はやめとこう。次に、いい機会があったら、その山の話を聴かせてもらうことにするよ——」

布引は言った。

布引は、立ちあがった。

それまで、自分が背にしていた後方に、書棚があった。その書棚の上に、手を伸ばした。

そこに、酒があった。

先日、麻生が置いていったやつであった。

「少し、飲まないか」

布引が、そのウイスキーの瓶を持ってもどってきた。

「飲む」

麻生は言った。

「もらいものの酒を、くれた本人が客で来た時に飲むというのも恐縮するな」

言いながら、布引は、ボトルを机の上に置き、ふたつの湯呑み茶碗の中に残っていた茶を、テーブルの上にあった灰皿の中にこぼした。

湯呑みに、酒を注いだ。

濃い、ウイスキーの匂いが、部屋に満ちた。

軽く湯呑みを合わせてから、麻生は、ウイスキーを唇に含んだ。

刺すような味が、口の中に広がった。

「思い出したんだが、オウムガイが、生きたまま日本に流れついたという例が、もうひとつ江戸時代にあったような気がしたな」

「江戸時代？」

「ああ。何に書いてあったのかな。もう、何年も前だよ。オウムガイのことについて調べていたら、何かの雑誌だか本だかに、そう書いてあった」

「本当か？」

「そう書いてあったというのは本当さ。そうだ、だんだん思い出してきたよ。螺髪《らほつ》だ――」

「螺髪？」

「ほら、仏像の髪の毛が、渦を巻いてるだろう。あれが螺髪さ――」

「しかし、螺髪が書いたって――」

「その螺髪っていうのは、どうも、今で言うならペンネームらしいのさ。たぶん、平賀源内のペンネームのひとつだろうって言われてると書いてあったな」

「平賀源内!?」

「源内は、たくさんペンネームを持ってたらしいからね」

「それで、そこには何と書いてあったんだ」

「だから、江戸時代に、生きたオウムガイが日本に流れ着いたらしいと、小さな囲み記事に書いてあったのさ。螺髪という人間の書いた、なんとかという本に、そのことが記されているってね」

「何という本なんだ？」

「囲み記事の載っていた本かい。それとも、螺髪が書いた本の方のことかい？」

「両方さ」

「待ってくれよ、すぐには思い出せないな。たぶん、うちの資料室のどこかで眼にしたんだと思う」

「資料室？」

「今は部屋に入れないんだが、興味があるなら、三、四日のうちに、調べておけると思う」

「頼む」

言って、麻生は、軽く両耳を押さえた。

耳を塞がれたような感覚があり、頭の芯で鈴の音が聴こえたような気がしたのである。

「どうした？」

布引が、麻生の顔を覗き込んだ。

「いや、たいしたことはないんだ。ヒマラヤで、気圧の変化に、おれの耳がうまくついていけなかったみたいなんだ」

「へえ」

「何でもない」

答えたが、麻生の耳の奥ではまだ鈴の音が鳴っていた。

高い、澄んだ音であった。

「そう言えば、最近気がついたことがひとつある」

「気がついたこと？」

「オウムガイのことでね」

「何だ？」

「いつからって訊かれても困るんだが、オウムガイの連中、夜になるとね、水槽の一カ所に集まってるのさ」

「集まってるっていうと？」

「だから、こちらから見ると、奥の右側の隅さ。当直の時に、発見したんだよ。当直は、夜になると、ひと通り、館内をまわって、魚たちの様子を見ておかなくちゃいけないんだ。その時に発見したのさ——」

「へえ」

「よかったら、これから、あいつらの様子を見に行かないか——」

「見に？」

「オウムガイをさ。もしかしたら、もう、始まっているかもしれないな。その、隅に集まるのがさ」

　声をひそめて、布引が言った。

「見てみたいな」

　麻生が言った。

「行こう」

　布引が、湯吞みを机の上に置いて、立ちあがっていた。

　先頭は、布引であった。

　懐中電灯の灯りをたよりに、暗い水族館の中を、麻生は歩いた。

　灯りのスイッチがあるはずだが、灯りを点けずに、麻生と布引とは歩いた。

　歩きながら、時おり、左右の水槽に灯りを向けると、そこに、思いがけなく不気味な光景が見えたりする。

　アマゾンの人魚であるマナティの巨大な姿が、ゆらりと灯りの中で身を揺らしたりした。

「そろそろだ」

　布引が言った。

「ああ」

　暗い水族館の内部は、昼間眼にするのとはまったく違うものがあった。

　巨大な獣の内部に吞み込まれたようであった。

ひどく現実味を欠いていた。

灯りを向けたその先に、ふいに、シーラカンスのホルマリン漬けの姿が浮かびあがったりする。眼が白く濁っている。

世界最大の淡水魚、ピラルクは、灯りに照らされても、まるで動こうとしない。

普通の魚の感覚からは、まるでかけ離れた姿形をした魚たち。

この世のものでない世界へ、足を踏み入れてゆくようであった。

自分は、小さな魚だと麻生は思った。

太古の夜の海へ、小さな魚と化して潜ってゆく気分は、こんなものだろうかと、麻生は思った。

動かない大気を呼吸する度に、闇が自分の体内に入り込んでくるようであった。足の爪先から、髪の毛の先、眼球の中まで、ぎっしりとそういう闇で満たされてしまったようであった。

耳の奥で、きらきらと針が踊るように鳴っている鈴の音。

コンクリートの床を踏んでゆく靴の音。

自分の心臓の音。

呼吸音。

それ等が、鮮明にわかる。

「ここだ」

布引が言った。

その水槽の中を、布引が懐中電灯で照らした。

そこに、螺旋がいた。

八つの螺旋だ。

「な」

声をひそめて、布引がつぶやいた。

布引が、さっき言った通りであった。

七つの小さな螺旋と、ひとつの大きな螺旋は、水槽に向かって、右奥の角に、身を寄せ合うようになって、ひと塊りになっていた。

そして、触手。

昼、これまで見ることのできなかった、白い、桃色の触手を、どのオウムガイもいっぱいに伸ばして、それを揺らせていた。

その方向が、どれも同じであった。

まるで、眼に見えない何かに向かって、手を差し伸べているように見えた。

祈っているようにさえ見えた。

奇妙に荘厳な、夢のような光景であった。

美しく、そして、どこかしら不気味なものを含んでいた。

八つの螺旋は、ひとつの統一された意志を持っているかのようであった。

ばしゃり、
と、どこかの水槽で、大きな魚の跳ねる音がした。

「初めてさ、こういうのは――」

眼を光らせて、布引が言った。

水槽の底で、螺旋が、自らつむぎあげた美しい螺旋のさらに彼方に向かって、触手を差し伸べていた。

その触手が、きらきらと、灯りを受けて光っている。

「普通じゃないよな……」

ぼそりと、布引がつぶやいた。

麻生を見た。

普通じゃないというのは、オウムガイのことではないようであった。

「おれたちがさ」

布引の眼が光った。

「いや、おれたちというよりは、麻生さん、あんたが普通じゃないよ」

「――」

「だって、普通のやつは、こんなことしないよな。何度もオウムガイの水槽の前に通いつめてさ。その水族館の、オウムガイ担当の職員と仲よくなっちまってさ。あげくの果てには、その職員と一緒に、夜、こうやってオウムガイを眺めてるわけだろ？　これは普通じゃないよな……」

麻生を見、

「だろ？」

言った。

「ああ」

麻生はうなずいた。

「やっぱり、あんたは、おれに何か隠してるよ――」

確信を持ったように、布引は言った。

「こういう、普通でないことをするだけのことを隠してるよ」

「――――」

「あんた、何か、知ってるんだろう？」

声をひそめて、布引は囁いた。

「知ってるって？」

麻生も、声をひそめていた。

「たとえば、いつか話した、大きなオウムガイのことをさ」

布引が言った。

八つの螺旋の触手が、きらきらと動いていた。

麻生の耳の奥で、鈴が震えていた。

りん、

と、耳の螺旋が鳴った。

第二章　秘法の石

1

溜め息の出るような、橅《ぶな》の新緑であった。

梅雨が終ったばかりの橅の森は、新緑が濡れたように光っている。

その森の中を歩いてゆくだけで、魂が透き通ってゆくようであった。

踏み出してゆく登山靴の靴底に、ごつんごつんと触れてゆく、石の感触や、樹の根の感触も、気持ちがよかった。

湿った森の匂い。

微粒子のような、樹々の匂い。

まだ、朝の陽光の届かない森の中は、しんと澄んでいる。

その中を歩き、森の大気を呼吸していると肉体が内側から洗われてゆくようであった。

いい渓《たに》であった。
深い、橅の森に囲まれた渓だ。
左手から、瀬音が届いてくる。
その瀬音を耳にしながら、森の中を登ってゆく。
きつい斜面ではない。
これから頂上に向かって、ゆっくり身体のリズムを整えてゆくには、ほどがよかった。
渓に沿い、ある時は離れ、径《みち》は森の底をうねっている。
朝の陽光は、まだ渓の底までは届いてきていない。
やっと、高い橅の梢の先に、その光が当ったくらいである。
その、陽光に眩しく光る新緑の上に、青い空が見えていた。
夏の空であった。
しかし、まだ、森の底の大気は、冷えびえとして、しんと静かに澄んでいる。
まだ、誰も歩いてはいない径であった。
左右から、径の半分以上に、草がかぶさっている。
まだ、夜露を宿した草であった。
草は、下界のそれではなく、高山のそれに近くなっていた。
イワギキョウや、ツリガネニンジンの紫色の花が、盛りであった。

五月から六月にかけては、二輪草やオモトソウなどの白い花が、一面に咲いていたに違いない。

その白い花が、梅雨を境にして、紫色の花と入れかわってゆくのである。

径を歩けば、ニッカボッカの膝や、脛《すね》を包んだウールの長い靴下に、草が触れてゆく。

ニッカの生地や靴下が、草の露を吸って、しっとりと濡れて重くなっている。

森の中に足を踏み入れて捜せば、まだ花を残したイワカガミの群落が見つかるだろう。

南アルプス。

標高一五〇〇メートルあたり。

バスを降りたのが、昨日の昼であった。

そこから半日歩いて、この渓の入口までたどりついた。

そこで、テントを張った。

一人用のテントである。

バーナーとコッフェルで、肉と野菜を使った簡単な料理を造り、それを食べた。

水は、渓の流れから汲《く》んだ。

冷たい、刃物のような水であった。

上方に、まだ雪が残っているのである。

枯れ枝を集めて、火を焚《た》いた。

深い、満足感があった。

久しぶりに、山で火を焚いたのだ。

しかも、単独行であった。

昨夜の焚火のことを、麻生は、歩きながら想い出している。

深い山の大気を呼吸しながら、帰ってきたのだという想いを麻生は噛み締めていた。

やっと帰ってきたのだ。

自分はこういう人間であったのであり、こういう場所でこそ生きられるのだと思った。

わざわざ、人の入りそうにない渓を選んだのだ。

赤石山系——

渓を登りつめ、尾根へ出れば登山者と出会うだろうが、この渓を歩いているうちは、まず人と会うことはないはずであった。

ゆっくりと、舐めるように歩く。

自分のリズムが、山のリズムとしだいに重なってゆくのがわかる。

いいリズムだった。

肩にかかるザックの重さもいやではなかった。

自分が、独りで山で生きてゆくのに必要なだけのものが、ザックに入っている。

そのシンプルな重さは、そのまま自分の肉体の重さであった。

ここからなら、もう一度やれそうな気がした。

足の指に痛みがある。

透き間に布を詰めてきたが、もしかしたらもう、その布に血が滲んでいるかもしれなかった。

それでも、よかった。

山に登るというのは、誰のためでもなかった。

自分の汗で、自分の肉体を、高みへと押しあげてゆく。

それだけのシンプルな作業のはずであった。

名前も、失敗も何もない。

下界で何があろうと、自分と山との関係がどれほども変るはずはなかったのだ。

三月に、山岳部の後輩のパーティに入ったのは、失敗であった。

始めから独りでゆくべきだったのだ。

己れの心の弱さが、そうさせたのだ。

弱い自分に腹が立った。

後輩のパーティにも申しわけがなかったような気がする。

もともと、山と自分との関係は、ひとり対ひとりのシンプルなものだったはずだ。

自分と一緒にパーティを組んでくれる者がいるかどうかということは、別の次元の話であった。

ハイキングに毛の生えた程度の、こういう登山でも、山との対話はできる。むしろ、独りの方が、山との対話にはよかった。

肉体でする対話だ。

山の気を吸い、山の水を飲み、山の内深く分け入ってゆく対話だ。

頂上だって、この足で踏むことができるだろう。

ヒマラヤの、高峰の頂上でなければ、この足であっても、単独行であっても、踏むことはできるはずであった。

——しかし。

ふっと、哀しみが湧いた。

あの、遠い、天の一部——ヒマラヤの高峰への道が、自分には閉ざされてしまっているからであった。

非合法の登山をした者へのペナルティだ。

ヒマラヤ遠征隊のメンバーの中に、自分の名前が入っているだけで、ネパール政府は、登山の許可を下ろすまい。

それよりもまず、日本山岳協会が、自分をそういう登山隊のメンバーとして、許可はすまいと思われた。

だが、高みへと自分の肉体を押しあげてゆくこと――それは、必ずしもあの山の頂を目差さなくとも可能なのではないかと、今は思っている。

ふいに、狂おしいものが、自分の肉の中にこみあげてきた。

得体の知れない衝動であった。

――ゆかなくては。

その思いがある。

しかし、どこへ？

わからないが、ゆかなくてはと思っている。

来い。

と、遥かな高みで、何ものかが呼んでいた。

来い。

それは、自分の肉の深い所へ、直接働きかけてくる力であった。

肉に、針を差し込まれるような想い。

その想いに、耐えるように、足を運んだ。

高みへと登ってゆくことも、こうして、山の刻の中へ肉体ごと入ってゆくのも、同じ行為のような気がした。

山の螺旋《らせん》を巡りながら、魂のベクトルの方向へ、精神を肉体ごと運んでゆくのだ。

むずかしい考え方をしているな、おれは──。

麻生はそう思った。

考えることはないのだ。

丁寧《ていねい》に、山を踏みながら歩いてゆけばいいのだ。

そのうちに、考えることすらも失《な》くなって、意識だか肉体だかの区別もなくなり、透明になって山に同化してしまう瞬間が、こういう登山にはあるはずであった。

りん。

と、頭の中で、鈴が鳴った。

そう言えば、昨夜は、夢の中で、ひと晩中自分はこの澄んだ鈴の音を聴いていたように想う。

りん。

りん。

と、鈴は、自分が眠りに落ちている間、きらきらとした夢の細片のように、どこかで鳴っていたはずであった。

歩いてゆくうちに、ふわっと、横手の森の中が白くなった。

雪が残っていた。

橅の森は、いつの間にか、シラビソと、ダケカンバの森に変っていた。

そのシラビソの森の底を、白い雪がおおっていた。

雪の上に、折れた小枝や、石、枯れ葉が点々と散っている。

その雪の上だけが、まだ冬であった。

雪の上に、新緑がかぶさり、ようやく頭上から落ち始めた陽光が、光の斑《まだら》模様をその上に揺らしていた。

雪と、濡れた森の大地との境目に、まだ早春の山の気配が残っていた。

雪が、溶けたばかりの地面から、泣きたくなるような、淡い緑色をした蕗《ふき》の薹《とう》が出ていた。

不思議な山の時間がそこにあった。

昼を過ぎた頃に、森林限界に出た。

森は終り、明るい陽光と、風に、麻生はさらされていた。

岩と、這松《はいまつ》と、高山植物の世界だった。

日本列島の骨が、天に向かってさらされている場所であった。

東方に、富士山が見えていた。

日本第二の高峰である北岳が近く見え、西方には、御岳の姿も見えている。

ヒマラヤの峨々《がが》たる岩峰に比べて、日本の山は、どこかに柔らかみを残していた。

高い風の中を、麻生は歩いた。

　一時間ほどゆけば、赤石岳の主峰へ続く尾根に、今歩いている尾根がぶつかることになる。

　麻生は、途中で足を止めていた。

　ザックを下ろして、岩の間に腰を沈めた。

　横の這松に、手をかける。

　背の汗が、たちまち冷えて、風に乾いてゆく。

　その汗と共に、疲労が天へ抜けてゆく。

　それを視線で追うように、麻生は顔を天に向けた。

　蒼《あお》い天があった。

　雲が動いていた。

　どれほど山の高みへと登っても、天には届かない。

　天は、いよいよ高く頭上にあるばかりだった。

　地に、視線を転ずれば、岩の間を、這松が這っている。上へ伸びずに、横へ伸びた松だ。

　岩の間を蛇のようにぬいながら、大地にからみついている。

　寒さと、風のため、そういう生き方を強いられているのである。

　登山靴の足の先で、ハクサンイチゲの白い花が、風に揺れていた。

　麻生は、手を伸ばして、登山靴の紐をはずした。

右足を最初に、次に左足を引き抜いた。

右足の靴下に、血が滲んでいた。

本来であれば、小指と薬指があるあたりであった。

靴下を脱いだ。

ひどい有様になっていた。

綿を当て、その上に軽く包帯を巻き、それをテープでとめていたのだが、テープがはずれていた。

綿からは、血が滴り落ちそうであった。

——こんなものか。

と、麻生は思った。

まだ、始めたばかりなのだ。

こういう登山を繰り返していれば、そのうちに、そこの皮膚の方が根負けするはずであった。

そうなれば、そこの皮膚が、逆に堅くなる。

これから、何度もこういうことを繰り返すのだ。

今から、音をあげているわけにはいかなかった。

包帯も、綿も、替えの用意はしてある。

ザックから、新しい綿を取り出し、破れた皮膚を消毒してから、軟膏《なんこう》をつけた綿を当て、包帯を巻いた。

左足の方は、まだ、余裕があった。

少し、血が滲んだ程度であった。

そちらの方も、麻生は丁寧に包帯を巻きなおした。

——木島。

巻きながら、木島のことを思った。

「おまえがいればなあ」

低く声に出していた。

その声を、風が、さらさらと山の大気の中にさらってゆく。

どこへも届かない声であった。

「おれは、山をやめないぞ」

つぶやいた。

靴下を穿《は》き、そのまま靴をはかずに、麻生は、岩の上に寝ころんだ。

動く気はなくなっていた。

動けば、主峰へ続く尾根に出、尾根に出れば、人に会うことになる。

夏の、登山シーズンのピークが始まったのだ。

その気になれば、今日中に、赤石岳の主峰を足で踏むことはできよう。

しかし、そうしたら下らねばならない。

小屋に泊まるにしても、もう少し下に下ってテント場にテントを設営するにしても、他人と会うことになる。

それが麻生はいやだった。

食料も、水も、充分の量がある。

この場所なら、強い風を避けて岩の陰にテントを張ることも可能であった。

麻生は、この場所で、星を見たくなっていた。

2

いつまでも赤みを帯びていた西の空から、光が消えたのは、八時をまわった頃であった。

枯れた這松を拾い、ささやかな焚火をした。

食事はすんでいる。

コッフェルに、コーヒーが沸いていた。

そのコーヒーに、たっぷりとウイスキーを落として、それを飲んでいる。

這松と、雪と、岩の匂いしかしない風の中に、コーヒーとウイスキーの芳香が溶けてゆく。

風は、微風であった。

それでも、セーターを着込み、その上にウインドヤッケを着ていた。

風と、小さく火の粉がはぜる他に、もの音はしなかった。

なんという贅沢《ぜいたく》な、ティータイムだろうか。

静かであった。

向こうの尾根で、甘い囁きをかわしている男女がいたとして、その声さえ届いてきそうであった。

見あげれば、降るような星であった。

北斗七星が見えている。

頭上に、天の川が走り、その中心に、白鳥座が見えていた。

おびただしい星であった。

それは、ヒマラヤで見た時よりも、いく分柔らか味を帯び、濡れているようであった。

ヒマラヤで見たあれは、むき出しになった宇宙であった。

今、南アルプスの尾根から見あげる星は、何かしら、潤いを帯びているようであった。

しかし、それでも、宇宙の冷気が、この尾根にもゆっくり降りてくる。

宇宙の温度に、自分の肉体が浸されてゆくようであった。

りん。

と、鈴が鳴っている。

りん。

あたりは、わずかに明るい。

星明りであった。

天を見つめていると、ゆっくりと星が動いている。

北極星を中心にして、天の星がまわっているのだった。

巨大な天の螺旋。

その螺旋の中心に、麻生はうずくまって、天を見あげているのだった。

りん。

りん。

りん。

宇宙が鳴っている。

螺旋のイメージを、頭に描くと、その音はさらに強くなるようであった。

宇宙も山も自分も、螺旋のひとつずつであり、より巨大《おお》きな螺旋の一部であるようであった。

山にしても、花にしても、星にしても、たやすく螺旋のイメージで捕えられるようになっていた。

その精神的な作業には、無理がなかった。

それは、あらゆるものが、本質的な螺旋を内在させているからだろうと、麻生は思った。

布引のことを思い出した。

この山行に出る前の晩に、布引から電話があった。

「あんたに会いたいと言っている人物がいるんだけどな」

布引はそう言った。

「よかったら、会ってみる気はないか」

布引は、その人物の名を口にしたが、すでに、その人物の名を麻生は忘れてしまっている。

オウムガイとアンモナイトのことについては、詳しい人物で、相模水族館まで、わざわざ布引に会いにきた人物だという。

正確には、布引にではなく、布引が世話をしている、海を越えてきたオウムガイを見にやってきた人物である。

布引が、話のついでに麻生のことを話したら、その人物が、麻生に会わせてくれと言い出したらしい。

帰ったら、布引に連絡を入れることになっている。
りん。
星が動く。
天が、螺旋を描く。
りん。
りん。
見つめながら、何故か麻生は狂おしかった。
月は、どこにあるのかと思った。
さっき、月は、西の山の端へ沈んだばかりであった。
月を想いながら、麻生は、螺旋を頭の中に描いていた。
この世で、最も美しい螺旋。
この世で、最も完璧な螺旋。
数学的に完全な対数螺旋の形に、自分の生命を造りあげた生物。
オウムガイの螺旋であった。
りん。
と、頭の芯に、鈴が響く。
りん。

と、その音が大きくなった。

描いた螺旋を、天の螺旋に重ね合わせてゆく。

りん。

りん。

麻生の頭の中で、鈴が鳴った。

——と。

麻生は、もうひとつ、別の音が聴こえているのに気がついた。

自分の鈴の音に呼応して、別の鈴の音が重なっている。

微かな、小さな音だ。

むろん、現実の音ではない。

幻聴と呼んでもいい音だ。

しかし、そのもうひとつの音は、確かに聴こえていた。

りん。

自分の鈴の音は、自分の内部から響いているのに、その音は、確かに外側から響いてくるようであった。

——何だ!?

と、麻生は思う。

——何だ、これは。

りん。

鈴が鳴る。

りん。

微かな音が、それに合わせる。

聴こえているのかいないのか、もとより現実の音ではないはずのその音の方向を、麻生は捜した。

りん。

りん。

死に絶える寸前の、秋の虫の音よりもなお幽《かす》かな音……。

麻生は立ちあがっていた。

上方か。

下方か。

考えた。

自分は狂ったのかと、麻生は思った。

現実には存在しない音の方向を捜そうとしている自分に気がついたからだ。

りん。

と、音がする。
下方だ。
麻生は歩き出していた。
岩や、這松に、たちまちつまずいた。
ヤッケのポケットに入っているヘッドランプをつけることすら、忘れてしまっている。
真下ではない、右手の方であった。
両手と両足を岩と這松についた。
大きな岩が、すぐ先にある。
その向こうだ。
四つん這いのまま、そこにたどりついた。
深い闇が、その岩の向こうに広がっていた。
さわさわと吹きあげてくる風が、麻生の顔を撫であげてゆく。
昼に見下ろしたならば、足のすくむような空間が、その岩の下にあった。
りん。
と、下方で鳴った。
ぞくりと、麻生の背に、初毛《うぶげ》がそば立った。
音に、呼ばれたような気がしたからだ。

りん。

と、自分の螺旋が応えた。

岩に手をかけた。

岩の横に、身体を下ろしてゆく。

右足を伸ばした。

右足の先が、何かに触れる。

岩であった。

その岩に、ゆっくりと体重をあずけ、上方で岩をつかんでいた手の力をゆるめる。

大きな岩を、まわり込むようにして降りてゆく。

手さぐりだ。

岩を撫でながら、ホールドを捜し、足を下方の闇に下ろしてスタンスを捜す。

じりじりと降りてゆく。

さっき、ようやく血が止まったはずの足のその部分から、再び血が流れ出したようであった。

しかし、それにかまわずに降りる。

りん。

と、鈴が呼ぶ。

りん。
と、鈴が応える。
岩の真下に出た。
そこは小さな岩棚になっていた。
音は、さらに下方から聴こえているようであった。
再び、そこから、手さぐりの下降が始まった。
どれだけ降りたのか、すでにわからなくなっていた。
深い、地の底に降りてゆくような気分だった。
上を見あげれば、満天の星であった。
星空から、下へ視線を転じかけたその時であった。
いきなり、右足を乗せていた岩が、岩壁からこそげ落ちていた。
ふっと、自分の身体から重力が消失していた。
夢中で、右手を伸ばしていた。
指先が何かに触れた。
それをつかんだ。
がくんと、右手に自分の全部の体重が加わった。
つかんだそれがしなった。

這松であった。

背骨を天へ引き抜かれるような恐怖が麻生を襲っていた。

岩に入り込んでいた、這松の根が、ずるずると伸びた。

麻生の身体が、下に下がる。

夢中で、這松を両手でつかみ、岩棚にスタンスを捜そうとした時、ぷつん、と、頭上で音がした。

根のちぎれる音であった。

りん。

足から、麻生は落下していた。

ざっ、と、腹を何かがこすった。

岩から生えた這松であった。

それにしがみつく。

一瞬、落ちるスピードが止まった。

次の瞬間に、再び落下が始まった。

つかんだ這松が、根ごと、麻生の体重を支えきれずに落ちたのだ。

尻を打っていた。

続いて肘だ。

ざっと、這松の繁みの中に、身体が投げ出されていた。
気を失った。

3

りん。
と、音がしている。
小さな音だ。
ひとつやふたつではない。
無数の音が、夢の中で鳴っている。
りん。
りん。
りん。
その音に呼応するように、麻生の螺旋が応えている。
りん。
眼を開けた。
星が見えた。

白鳥座が真上にあった。
麻生は、大きく、山の大気を肺に吸い込んだ。
這松の中であった。
身体のあちこちが痛んでいた。
落ちながら、そこら中をぶつけたらしかった。
途中で、這松にしがみついてスピードを殺していなかったら――。
もし、落ちた場所が、この這松の上でなかったら――。
こうして眼を開けることはできなかったかもしれない。
ゆっくりと、身を起こした。
周囲で、無数の鈴が鳴っていた。
身体のあちこちが痛む。
手を動かし、足を動かし、自分の身体が骨折していないことを確認してゆく。
立ちあがった。
りん。
鈴が鳴っている。
見ると、闇の中で、点々と、朧《おぼろ》な燐光《りんこう》を放っているものがあった。
――何だ!?

と思う。
歩きかけて、足と身体が岩の壁にぶつかった。
その岩の壁で、それは光っているのだった。
星明りか、月光の光と同質の光であった。
無数の虫のように、その朧な光が音をたてていた。
小さな、微かな鈴の音だ。
りん。
と、麻生の螺旋が鳴る。
麻生は、ヤッケのポケットに手を突っ込んだ。
中をさぐる。
堅いものがあった。
ヘッドランプだ。
そのヘッドランプを取り出した。
頭につけずに、手にそれを握ったまま、麻生はヘッドランプのスイッチを入れた。
眩しい光が、広がった。
その光が、岩の壁を照らし出していた。
それを見た時、麻生は、思わず、声をあげていた。

ヘッドランプの光に照らし出されていたもの。

それは、岩の壁に棲みついた、無数の、オウムガイの化石であった。

「これは――」

りん。

と、麻生の螺旋が鳴った。

それに呼応して、麻生の周囲の螺旋が、一斉に、微かな澄んだ鈴の音をたてて鳴り始めた。

りん。

りん。

りん……

第三章　極微《ごくみ》の鈴

1

透明なガラスの向こうで、緑が揺れていた。

欅《けやき》である。

風が吹くたびに、青葉を繁らせた梢がうねる。

床から天井近くまであるそのガラス窓いっぱいに、その緑が見えている。

窓側の席から見あげれば、その梢の向こうに、白い高層ビルの壁面が見えている。

そのさらに上方は、青い空である。

それを見あげながら、麻生誠は、渓《たに》の新緑ごしに、雪を頂いた、白い岩峰を見あげているような錯覚を味わっていた。

高層ビルそのものが、山の量感を有しているように見える。都会の一角に出現した、高さ二百メートル余りの、垂直の岩壁——。

新宿プラザホテルの、三階のティールームであった。

麻生は、一瞬、自分の脳裏に浮かんだその白い山の幻影に、心を奪われていた。

「そういう眼よ——」

女の声が、麻生の耳に届いて、麻生は我にかえっていた。

「え？」

麻生は、前に座っている女に視線をもどしていた。

五木小夜子が、麻生を見ていた。

「木島も、よくそういう眼をしたわ」

小夜子が言った。

言ってから、白いテーブルに視線を落とした。

そのテーブルの上に、グラス半分ほどに量の減ったオレンジジュースがある。ストローが差し込んだままになっていた。

小夜子は、右手の指で、そのストローをつまみ、浮いている氷を小さく一度だけ掻き混ぜた。

細面《ほそおもて》の小夜子が眼を伏せると、貌《かお》の陰影がふいに深くなったように見える。

小夜子の肌は、白く、まだ一度も、夏の陽差しにはさらされてないようであった。

麻の、白い半袖のサマーセーターを着た肩に、癖の少ない髪がかかっていた。

姓を五木にもどした時に切った髪であった。

それまでは、胸まで垂れていた髪だ。切った当初は肩にも触れなかった髪が、今は肩まで届いている。

「何か話してる時でも、時々そういう眼つきをしてね。わたしの話してることなんか、耳に入ってない時があるの――」

「へえ」

言いながら、麻生は、アイスコーヒーの入った自分のグラスに、右手を伸ばした。グラスを握る。しかし、口へは運ばずに、浅く横へ傾けただけであった。

斜めになったグラスの中で、氷が動いて小さな音をたてた。

残っているふたくち分くらいのアイスコーヒーの、半分近くは、溶けた氷であった。

「何を考えてたか、当ててみましょうか？」

小夜子が言った。

「わかるの？」

「山のことでしょう？」

「ああ――」

答えてから、麻生はグラスをつかんでいた手を放し、

「だけど、ちょっと違うな」

「違う？」

「山は山なんだけど、考えてはいなかった。見てただけなんだ」

「見てたって？」

「頭の中で、ぼうっと山を見てたんだ」

「それが、山のことを考えてるっていうことじゃない」

小夜子が言った。

「そうだな」

麻生がうなずいた。

しばらくの沈黙があった。

ふいに、小夜子が訊いた。

「傷、もういいの？」

「ああ、だいぶよくなったんだ」

麻生は、右手で、顔を撫でた。

その顔の右頰に、擦り傷があった。

五日前に、南アルプスでつけた傷であった。

胸や、尻や、肩や、大腿部に、打撲傷を負っていた。

りん……


この時のことを思い出すと、耳の奥で、小さく澄んだ鈴の音がしたようであった。

小夜子は、また沈黙した麻生を、静かに眺めていた。

小夜子の勤めているある企画会社のオフィスが、この近くにあるのだ。

あちこちの週刊誌や月刊雑誌の、グラビアページや、コラムを造っている会社だ。時には、大きな企画ページをあつかったり、逆に企画をそういう雑誌に売り込んだりもしている企画会社で、あまり大きいビルではないが、それでもその八階のワンフロア全部を、その会社で使っていた。

小夜子の大学時代の先輩という人間が、その会社にいて、英語が堪能で、かなりのレベルでワープロやパソコンをいじれる小夜子を、そこへ呼んだのであった。

それが四カ月前である。

小夜子は正式な社員ではなく、まだフリーの立場であった。

その昼休みに、麻生が電話で小夜子を呼び出したのであった。

「いいのかな」

麻生は言った。

「いいって、何が？」

　小夜子が言った。

「たとえば、おれが、こうやって小夜子さんを呼び出して、会ったりしてるってことがさ——」

「何故、急にそんなことを言うの？」

「おれはさ、よくわかったんだ」

「何が？」

「山さ」

「山？」

「この前、山に行ったろう？　独りでさ、南アルプスに——」

「——」

「それでよくわかったんだ」

「何がよくわかったの？」

「おれは、山をやめられないよ」

「——」

「自分が、そういう人間だってことが、よくわかったんだ」

「それと、いいのかなっていうことと、どういう関係があるの？」

「おれは、いろんなものをひきずってるよ。ヒマラヤのことも、木島のこともさ――」

「――」

「そういうものが、きみの邪魔になるんじゃないかと思ってね」

「どういう邪魔になるのかしら？」

「うまく言えないんだ。おれはいい。おれはひきずっていくのもいいんだ。それは覚悟している――」

「わたしは？」

「でも、小夜子さんには、そういうものをひきずらせちゃいけないんじゃないかと思う――」

「ね。もう少し、うまく言ってよ。これは、別れ話をしているの？」

「そうじゃない……」

「じゃあ、何なの？」

「――」

「わたしだって、ひきずるものはひきずっているわ。頭の中で、これはこう、あれはこうって、うまく処理できるものじゃないでしょう。あなたとつき合っているから、いないからって、ひきずったりひきずらなかったりするものじゃないわ」

「――」

「麻生さん、ずるいわ」

「え？」

「また、安心したいんでしょう？」

「――」

「全部が嘘だなんて言うつもりはないわ。でも、半分は違うわ。自分が不安だから、わたしを心配するふりをして、安心したいのよ」

「――」

「そんなことはないって、わたしの口から言わせたいんでしょう。だいじょうぶだって、わたしが言うのを聴いて、安心したいんでしょう――」

「そうだよ」

麻生は言った。

「でも、きみが、これから新しい人生をやりなおすチャンスを、自分が邪魔してるんじゃないかって、ぼくが考えているというのは、嘘じゃない」

「そうね」

小夜子は言った。

麻生を見た。

「でも、わたしは言わないわよ。そんな誘導訊問みたいのにひっかかって、あなたを安心させてあげる言葉なんて言わないわ。そうよ。わたしは、邪魔されてるわ。これから誰かとおつき合いをするにしたって、もう、山なんかで死んじゃわない男のひとの方がいいわよ。あなたは、それをもう、邪魔してるのよ。だから、邪魔をした分の責任はとって

――」

「――」

「自分ひとりで決めないで、お願い……」

小夜子の眼に、薄く、涙が滲んでいた。

「ああ……」

麻生は言った。

「わかった。わかったよ――」

麻生はうなずいた。

「おれは、バカだな。素直じゃないから、つい言葉が、少しずつ、ずれてしまうんだ」

「――」

「きみが好きなんだ……」

ぽつりと、麻生は言った。

低いけれども、はっきりした声だった。

「その一番だいじなことも、まだ言ってなかったな――」

小夜子が、小さく声をつまらせた。

眼から溢《あふ》れたものを、ハンカチで押さえた。

「ね」

ぬぐってから、小夜子が言った。

「わたし、これまでに何人かつき合った男のひとがいるわ」

「――――」

「そのひとごとに、出会い方も、別れ方も違ったけれど、ひとつだけ、わかったことがあったわ」

「なに?」

麻生は、自分の口から、ひどく優しい声が洩れるのを聴いた。

「誰も傷つかずに、男と女が別れる方法なんて、ないってこと……」

「――――」

「きっと、わたしの方よりも、あなたの方が先に、わたしのことが重荷になるんじゃないかって、そんな気がするわ」

「――――」

「その時になったら、今の言葉、思い出して――」

言われて、麻生は、優しい微笑を浮かべた。

「今度はきみが安心したがってるみたいだな」

「安心？」

「重荷になることなんかないと、おれに言わせたがってる……」

「そうね。でも、わたしの勘て、はずれないわ」

「――――」

「それに、重荷にならないなんて言われても、わたし信用しないから」

「どうして？」

「ひとの気持ちは、変るわ――」

小さく言ってから、小夜子は眼を伏せた。

「そうだな」

麻生は、答えた。

「バカ……」

小夜子が麻生を見た。

「そうだな、だなんて、そんなことを言わせたかったんじゃないわ。普通の男なら、こんな時は、嘘とわかっていても、女を安心させる言葉を知っているだけ口にするものよ――」

「うん」

「嘘でも、それで丸くおさまるのに。丸くおさまれば、それは本当に丸くおさまったってことと同じよ。嘘でもそれで続くうちは、本当ってことと同じじゃない――」

「おれは、別に、きみのことを、軽い荷物だなんて、思っちゃいないよ」

麻生は言った。

「――」

「重荷って言ったけど、おれは、重い荷物を背負って山に登るっていうのは、そんなに嫌じゃないんだ」

麻生は、グラスを口に運び、その中に残っていたアイスコーヒーを、全部、喉の奥に流し込んだ。

グラスを置いた。

小夜子を見た。

小夜子の眼が、麻生を見つめていた。

小夜子の唇が、何か言いたそうに開きかけた時、それを押さえるように、麻生は言った。

「思い出したよ」

「何を？」

小夜子が言う。

「土産《みやげ》があったんだ」

麻生は、身を屈《かが》めて、床に置いてあった、古い革のバッグを手に取った。

「なに?」

「これさ」

そのバッグの中から、麻生は、黒い石を取り出して、それをテーブルの上に置いた。

三つ、あった。

子供の握り拳ほどの大きさの、それは黒い螺旋《らせん》であった。

「これ?……」

「オウムガイの化石だよ。南アルプスの山の中で見つけたんだ」

「オウムガイ?」

「ああ」

「初めて見るわ」

「このひとつを、きみにあげようと思ってたんだ」

麻生は言った。

ひとつを自分の手元に置き、ひとつを小夜子に与え、残ったひとつを、相模水族館の布引に渡すつもりだった。

テーブルの上の、三つの螺旋を眺めた。

脳裏に、あのマチャプチャレの頂で見た、あの巨大な螺旋の映像が浮かんだ。

眼の前の螺旋と、その螺旋の映像とが重なった。

りん……


と、鈴が鳴った。

その時、小夜子の右手が動いた。

テーブルの上に並んでいるオウムガイのうちの、真ん中のひとつをその手に握った。

〝それをあげるよ――〟

と、そう言おうとした言葉を、麻生は呑み込んでいた。

今、オウムガイを握ったはずの小夜子の手には、何も握られてはいなかったからだ。

え――。

そう思った瞬間に、小夜子の右手が動いた。

ほんの二秒ほど前に見た映像を、そのままなぞるように、小夜子が右手を動かして、さっきと同じ、真ん中の螺旋をその手に握った。

「そ、それ――」

麻生は言った。

「これ？」

小夜子が言った。

「ああ」

「思ったより、重いのね」

その螺旋は、ちょうど、小夜子の右手の上におさまっていた。

「それを、あげるよ――」

麻生は、言いそびれていた言葉を、あらためて口にした。

「いただくわ――」

答えた小夜子の声を耳にしながら、今のは何であったのかと、麻生は想った。

何かの錯覚であったのか。

それは、予兆《よちょう》であった。

螺旋は、ゆっくりと、刻の内部から目醒めつつあった。

しかし、まだ、麻生はそれを知らなかった。

麻生は、雪を頂いた、白い雪の峰のことを思っていた。

2

軽い、音楽が流れている。

ジャズの、スタンダードナンバーだ。

耳にしていても、気にならない。

時々耳にする音楽だ。

艶っぽいサックスの音が、照りのある金属のように、その音の中を動いている。

渋谷の、〝深海魚〟という名前のバーであった。

店内は、暗かった。

少し、極端すぎるくらいに、照明を抑えているのである。

カウンターと、テーブルの上に、座席の数だけ、小さなピンスポットが当っている。その灯りも、抑えてあった。

かかっている音楽も抑えてあり、会話の邪魔にはならない。

麻生は、カウンターの席に座って、バーボンと、氷の入ったグラスに視線を落としていた。

よく磨かれた、木製のカウンターだった。

木目が美しい。

しかし、なんという木で造られたものなのか、そこまでは、麻生にはわからない。

学生が、軽い気持ちで入るには不向きの店であった。

金がかかるという意味ではなく、雰囲気にうわついたものがないのだ。

週に何度か顔を出す、常連客を相手にしている店だ。

入ってしばらくすれば、言わなくても、いつの間にか客の好みの曲をかけていてくれるような店だった。

麻生の左横に座っているのは、布引であった。

布引の知っている店であった。

相模水族館に、麻生が電話を入れたのは、四日前であった。

新宿のホテルのティールームで、小夜子と会った日である。

「おもしろいものを手に入れたんだが——」

と、麻生は電話で布引に告げた。

「おもしろいもの？」

「ああ」

「何だ？」

「オウムガイの化石さ」

「へえ」

「そのうちに、見せにいくよ。空いている日があれば、教えてくれ」

「いつも来てもらうばかりで悪いな」

布引は言った。

「かまわないさ」

麻生が言うと、たまには東京で飲もうと、布引が言ってきたのだった。

「渋谷に、〝深海魚〟って、店があるんだ」

そう言って、布引が、案内してくれたのが、この店であった。

よく磨かれたカウンターの上に、ころんと、黒い螺旋が乗っている。

オウムガイの化石だ。

その真上から、ピンスポットが当っている。

「まるで、山に、こいつを拾いに行ったみたいだな」

布引が、バーボンの入ったグラスを、小さく揺すりながら言った。

氷とグラスとが触れ合う、澄んだ音が響く。

布引の前に、バーボンのボトルがあり、そのボトルに、〝NUNO〟と、サインペンで文字が入っている。

「そうだな」

麻生は答えた。

布引には、山を歩いていて、偶然にこれを見つけたのだと言ってある。

頭に、時折響く、あの幻聴のような鈴の音のことは、布引には話してない。

いや、布引にだけでなく、小夜子にも、誰にもまだ話してはいない。

「あれさ、まだ続いているぜ」

　布引は、螺旋を見つめながら言った。

「あれ？」

「ほら、この前来た時に見たろう？　夜になると、うちのオウムガイが、みんな右の奥に集まっちまう、あれさ――」

「へえ――」

「別に、どうってことはないんだけどね。いったいいつから、それが続いていたのか、ちょっと気になってね」

「ふうん」

「もっとも、魚でも何でもさ、やっぱり、同じ水槽の中でも、好きな場所とそうでない場所があるんだよな。こっちが住みやすいように、水槽の中をあれこれいじってやるんだけどね。石を置いたり、小さな土管みたいのを沈めてやったりさ――」

「――」

「だけど、そういうこっちの思惑がまるではずれちまうことって、よくあるんだよな」

「どういうこと？」

「やつら、自分で、自分の好きな場所を、見つけるのさ。こっちで用意した石の陰なんかより、中に差し込んである、どうってことない水温計の陰にばかりいたがったりさ。水温計の陰ったって、あんなの、陰らしい陰なんていくらもないんだけどね。どうもそういう場所のほうがよさそうな時がある——」

「ああ」

「群で入れておいても、そういうことはある。たくさんの群の魚さ、あれ、でたらめに動いているようで、それなりに法則があるんだ。ところがさ、時々、そういう法則からはずれて、一匹だけ、とんでもない隅の方でうろうろしているやつがいたりする——」

「人間にもいるさ」

「そうだな。だから、オウムガイが、どこの隅を好きになろうと、かまわないんだけどね、なんとなく気になってるのさ——」

「へえ——」

「半分は、麻生さんにも責任があるよ」

「どうして？」

「麻生さんが顔を出すようになってからってわけじゃないんだろうけど、どうも、最近、オウムガイづいちゃってね」

「どんな風に？」

「それがさ、またなんだよ」

「また？」

「ああ、またオウムガイが捕れたんだよ――」

「え!?」

「生きたやつ――」

「ほんとうに?」

「ほんとうさ。ノーチラス・ポンピリウス。この前のと同じやつさ。それが、昨日のことでね――」

「昨日――」

「ああ、どうやら、新聞には載らなかったみたいなんだけどね――」

「どこで見つかったんだ?」

「東京湾」

「――」

「大井競馬場近くの防波堤でね、釣りをしてた人間が見つけたんだよ」

「――」

「波の間に浮いてたんだ」

「二匹目か――」

「前のもうちで預かったからね。そのオウムガイもこっちへまわってきたんだけど、今、一部の学者連中の間で、ちょっとした騒ぎがおこりかけてるよ――」

「それで、そのオウムガイは?」

「死んだよ」

「死んだ?」

「発見された時には、もう、虫の息でね。うちの水族館に運ばれて、生きていたのは二時間ぐらいだった……」

「そうか」

つぶやいて、麻生は、カウンターの上のオウムガイを見つめた。

その時——。


りん……


と、鳴った。

——来る。

そう思った。

あれが来る。

そう思った途端に、声が響いた。

〝オウムガイか——〟

溜め息混じりの、布引の声であった。

麻生は、その声が耳から聴こえたのか、直接自分の頭に響いたのか、必死にさぐろうとした。

わからなかった。

時間が短すぎた。

すぐに、今響いたばかりの声を、そのまま正確に反復するように、布引の声が響いてきた。

「オウムガイか――」

そう言った。

二秒か三秒前に、麻生が聴いたのと、まったく同じ抑揚と響きを持った声であった。

またなのだ。

これで、五度目であった。

最初の時のことは、まだ覚えている。

四日前、小夜子と一緒にいた時だ。

あの時は、最初に、小夜子の動作の幻を見、その後に、その幻の動き通りに、現実の小夜子が動いてみせたのだ。

今思えば、最初の小夜子の幻の動きは、動かないままの小夜子の現実の姿と、二重に重なっていたような気もする。

次は、その翌日——三日前だった。

朝、眼を醒ました時だ。

枕元にある、オウムガイの化石に目をやり、ふっと、その螺旋に心を移した時だ。

螺旋を手に取ろうと、伸ばしかけた手を、麻生は、思わず引っ込めていた。


りん……


と音がした。

止めたはずの自分の右手が、ためらいがちに螺旋に伸び、その螺旋を手に取るのが見えたのだ。

え!?

と思った。

何だ!?

一瞬とまどい、そして、麻生は、思わず、ためらいがちにその螺旋に手を伸ばし、二秒か三秒前に、幻の手がそうしたように、その化石を手に取っていたのである。

手に取ってから気がついた。

呆然とした。

その翌日にも、似たようなことがおこった。

それは、映像ではなく、音——声であった。

夜、山手線に乗ろうと、ホームで電車を待っていた時であった。

麻生は、ポケットから螺旋を取り出し、それを左手に握って眺めていた。


りん……


と鳴った。

え!?

と思っているうちに、アナウンスが入った。

電車がホームへ入ってくるから、白線まで下がれというアナウンスである。

そのアナウンスの声が終りきらないうちに、もうひとつのアナウンスの声が響き始めた。

もうひとつ、というよりは、今耳にしたばかりのアナウンスとまったく同じ内容のことを、
それは話し始め、まったく同じように、その言葉を言い終えたのだった。

次が、昨日のことであった。

やはり、螺旋を右手でもてあそびながら、歩いていた時であった。

ふいに、

りん……


と、鳴った。

耳の奥であった。

足を止めようとした。

と――。

ふいに、すぐ先のアスファルトの上に、自分の身体が大きくつんのめるように投げ出されるのを見た。

何かに躓《つまず》いたのだ。

しかし、それは、あくまで絵《ビジョン》として見ただけで、自分はまだ転んではいない。

その時、止めようとした右足の爪先が、何かにぶつかった。つんのめった。

さっき見た絵のように、そのまま前に転んでいた。

アスファルトの上にあったマンホールの金具が、少し上に持ちあがっていて、それに爪先がひっかかったのだ。

そして――。

今が五度目であった。

――何なのか。

麻生は思った。

これは何であるのか。

頭には、ひとつのことしか浮かばない。

もしかしたら、自分は未来を見て――あるいは未来を聴いているのではないだろうか。

麻生が考えたのは、それであった。

未来といっても、それは、ほんのわずか、二秒か三秒ほどのことだ。

しかし、未来は未来だ。

自分が見、あるいは聴いたことが、二秒か三秒後には、現実のこととなっておこるのである。

本当なのか。

麻生は、自問した。

未来が見えるのだとしても、しかし、その未来を見たことが原因で、その未来と同様の状態になってしまうのだとしたら――。

たとえば、三日前の朝がそうだ。

螺旋を取ろうとしたら、幻の手が見え、それで螺旋をつかむタイミングがわずかに遅れたのだ。しかし、結果的には、その遅れたことにより、自分が見たのと同じ動作をしてしまったことになる。

昨日もそうだ。

道を歩いていて、転んだ自分を見た。

そのことが原因で、注意力が散漫になり、結果的にも躓いて、見た通りの結果を、自らの肉体で演じてしまったのだ。

それはつまり――。

麻生の頭は、もつれそうになった。

それはつまり、未来に原因が生じて、現在に結果を与えるという、そういうことではないのか。

それは、どこか、おかしいような気もする。

だが、あくまでも、自分の主体は現在にいる。

仮に、未来を見ているのだとしても、それを見ている自分がいるのは常に現在であり、二秒か三秒後かに転ぶにしても、実際に転んでいる時は現在なのだ。

しかし――。

麻生にはわからない。

わからないが、実験はできるかもしれなかった。

これまでの五度の時と、同じ状態を造ればいいのである。

同じ状態というと——。

——この化石か。

と、麻生は思う。

これまでの、どの時も、このオウムガイの化石が近くにあり、それに意識を向けていた時に、それがおこったのだ。

それならば、すぐに、実験ができる。

そう思った時、声がかかった。

「麻生さん——」

布引の声だった。

「急に、静かになっちゃって——」

布引が言った。

「ちょっと、考えてたことがあったんだ」

麻生は言った。

「何を？」

「オウムガイのことでね」

「へえ」

「そうだ。ちょっと、頼まれてもらえるかな――」

「頼まれるって？」

「そこのオウムガイの化石を、取ってもらいたいんだよ」

「取る？」

布引は、いぶかしげな顔をした。

化石に手を伸ばそうとする。

「まだだよ。それを見つめていて、ぼくが合図したら、ちょうど、二秒か三秒くらいの間を置いて、その化石を手に取って欲しいんだけどね」

「合図？」

「ああ、このテーブルを、こんなふうに――」

麻生は、右手の人差し指の先で、とん、とテーブルを突いた。

「――こんなふうにテーブルを叩いたら、その化石を取ってくれればいいんだ」

「二秒か三秒後に？」

「ええ」

麻生は言った。

「やるのはかまわないけど、どうして？」

「ちょっと、確かめたいことがあるんでね。頼みますよ」

「わかった」
不思議な顔で、それでも布引はうなずいた。
「じゃ――」
麻生は言った。
「いつでもいい」
布引が言った。
麻生は、大きく息を吸い込んでから、螺旋を見つめた。
気持ちを、その視線に込めた。
しかし、何ごともおこらない。
三分近く、見つめた。
しかし、何もおこらなかった。
――おかしい。
どうしたのか。
さらに見つめた。
見つめるだけでなく、ヒマラヤの山頂で見た、あの美しい螺旋を脳裏に想い描いた。
ふっと、頭の中に、空白が入り込んだようであった。
その時であった。

りん……

と鳴った。
その音が聴こえた瞬間に、麻生は、指先でとん、とカウンターを叩いた。
手が見えた。
布引の手だった。
声も聴こえた。
〝よし――〟
そう布引の声が聴こえて、布引の手がカウンターの上の化石を手に握って持ち去った。
しかし、その持ち去った方向には、視線を動かさない。
そのまま、カウンターを見つめている。
一瞬、消えたかと思った黒い螺旋が、まだそこにあった。
「よし――」
布引の声が耳に聴こえ、手が伸びてその化石をつかんで持ち去った。
何から何までが、今、二、三秒前に見たのと同じであった。
「これでよかったのか?」

螺旋を握ったまま、布引が言った。

「ああ」

麻生は答えた。

声が、微かに震えていた。

布引から、螺旋を受け取り、それをまたカウンターの上に置いた。

「もう一度頼む」

言った。

「ああ」

布引がうなずいた。

もう一度やった。

同じだった。

カウンターの螺旋を見るだけでなく、頭の中に、あの山頂で見た螺旋を想い描いたら、りん、と音がして、今と同じことが繰り返されたのだった。

「やっぱり……」

麻生はつぶやいた。

声が、興奮していた。

やはり、自分は未来を見ることができるのだ。

寒気に似た興奮が、麻生を包んでいた。

「何がやっぱりなんだ」

布引が言った。

「頼む、もう一度だ。もう一度やってくれ――」

麻生は言った。

「またかい」

「ああ」

「やるのはいいけど、どうしてなんだ」

「頼む。確かめたいことがあるんだ。だからもう一度つき合ってくれ」

「後で、理由を教えると約束するかい」

「ああ。するよ」

麻生はうなずいた。

「わかった」

布引がうなずいて、螺旋をまたカウンターに置いた。

「いいぞ」

布引が言った。

麻生は、興奮した眼で、その螺旋を見つめた。

螺旋の上から、スポットが当っていて、その周囲だけが明るい。

螺旋が、そこに浮きあがっている。

低いジャズの音——。

麻生は、螺旋に意識を向けながら、頭の中で、タイミングを計った。

そのための時間は、一秒もないはずであった。

その零コンマ何秒かの間に、全神経を集中しなければならない。

その集中する作業と、頭の中に螺旋を想い描く作業とを、同時にやるのだ。

——未来を変える。

麻生は、その実験を試みようとしているのだった。

最初に眼に移ったことと、違う未来を生じさせてやるつもりだった。

もし、布引の手が、螺旋をつかむのが見えたら、すぐに自分が手を伸ばし、実際に布引が螺旋をつかむ前に、自分がその螺旋をつかんでしまえばいいのである。

もし、自分の手が螺旋をつかむのが見えたら、逆に何もせずに、布引に螺旋をつかませる。

そうしたらどうなるのか——。

その興味があった。

麻生は、神経を螺旋に集中しながら、脳裏に、あの、溜め息の出るような美しい螺旋を想い描いた。

りん……


鳴った。

とん、と指でカウンターを叩く。

――と。

すっと布引の手が伸びてきて、その螺旋を握った。

――今だ。

麻生は、螺旋が消えたばかりの場所に向かって、素早く右手を伸ばし、現実にはまだ存在するその螺旋を握っていた。

その瞬間、衝撃があった。

脳だ。

脳を、ふいに拳で殴られたような。

いや、うまく言えない感覚だ。脳を、ふいに手で握られ、その内部に、直接、熱い湯を注ぎ込まれたような感覚だ。いや、そうでもない。それはこれまでに味わったことのない感覚であった。

引き裂かれるような感覚もあった。

左右にとか、前後にとか、上下にとか、そういう感覚ではない。内側と外側にだ。現実には存在しない軸に沿って、肉体と精神が別《わ》けられようとする感覚だ。

それは、一瞬のようでもあった。

長い永遠の刻を漂うようでもあった。

脳の一部にだけおこったようでもあり、肉体全体、いや、細胞ひとつずつについておこったようでもあった。

螺旋を見た。

麻生は、螺旋の中にいた。

自分は、螺旋の中にいるのだと思った。

麻生は、螺旋だった。

麻生は螺旋であり、麻生の内部に無数の小さな螺旋があった。

麻生は螺旋であり、そして、なお、より巨大な螺旋の内部に、麻生はあった。

まわった。

輪廻《まわ》ってとろけた。

——ああ。

と、麻生は思った。

——ああ、同じじゃないか。

みんな同じだ。

何が同じなのか。

我と梵とがである。

これと、それとがである。

ここと、あそことがである。

想う、ということと、在るということも同じであった。

時間がよじれてゆく。

空間がよじれてゆく。

どんなに短い一瞬の中にも、全宇宙が存在しうるように、どんなに小さな物質の内部にも、永劫《えいごう》の刻が存在していた。

空間の内部に、時間があった。

時間の内部に、空間があった。

同じものだ。

麻生は、至福を味わっていた。

涙が流れていた。

そして——。

そして、麻生は、〝業《ごう》〟を観《み》たのであった。

3

麻生が感じたのは、痛みであった。
つん、と耳の奥の螺旋が痛かった。
「おい」
声をかけられた。
肩を叩かれた。
「どうしたんだよ」
布引の声だった。
ジャズの音。
薄暗い店内。
そして耳の痛み。
耳の奥の、脳に近い部分に、鋭利なガラスの針が刺さっているようであった。
右手に、堅い石の感触があった。
螺旋を握っていた。

脳が、ぽっと火照《ほて》っているようであった。

身体全体が、火照っていた。

「ずるいな」

布引が言った。

「ずるい？」

「ああ。おれが、そのオウムガイの化石を取ろうとしたら、麻生さん、先に手を伸ばして取っちまうんだから」

「え――」

麻生は、自分の手の中に視線を落とした。

黒い螺旋を握っていた。

「すまない……」

つぶやいた。

「どうしたんだよ。それを握った途端に、急に黙っちまってさ――」

布引が、横から麻生の顔を覗き込んで、言葉をとぎらせた。

麻生の眼から、涙が溢れているのを見たからであった。

「麻生さん――」

「え」

「あんた……」

布引の視線を受けながら、麻生の眼からは、あとからあとから、涙が溢れてきた。

「あ――」

麻生は、拳で涙をぬぐった。

心配そうな、布引の顔が見える。

「はは」

笑った。

「おれ、黙ってたって?」

「ああ。それを握ったまま、動くのをやめちまってね」

「どのくらいの間?」

「そんな長くはないさ。十秒もなかったんじゃないかな」

「そうか」

答えながら、今のあれは、なんであったのかと思った。

何かとてつもないものを見ていたような気がした。

まだ、意識も、肉体も、ぼうっとしているようであった。

「約束だぜ」

布引が言った。

「約束？」

「何のために、こんなことをしたのか、教えるって約束だった」

「そうだったな」

言って、麻生は、遠く、視線をさまよわせた。

――何だったのか。

巨大な渦状星雲が、ゆっくりと回転してゆく音、聴こえるはずのないその音を耳にし、まだその音が耳の奥に残っているようであった。

「教えろよ」

布引が言う。

麻生は、布引の顔を見た。

真剣な顔であった。

「信じなくてもいいんだが――」

言った。

布引の顔が、つられて真剣なものになっている。

「おれは、未来を見ることができるんだ――」

「なに？」

一瞬、布引には、麻生が何と言ったのか伝わらなかったらしい。

「おれは、今、未来を変えたんだ」
言った途端に、麻生の内部に、ふいにこみあげてきたものがあった。
吐き気であった。
強烈な吐き気であった。
麻生は、口を押さえた。
その押さえた指の間から、溢れてくるものがあった。
便所まで走ろうとして、そこにうずくまった。
「麻生さん――」
布引が屈み込んだ。
麻生は、床に膝を突いて、背を丸めた。
その背がうねる。
生温かく、柔らかいものが、麻生の喉をこすった。
胃が、喉元までせりあがってきてしまったようであった。
えずいた。
しゅっと、指の間から、吐瀉物《としゃぶつ》が飛び散った。
床に吐いていた。
何度も、何度も、背をうねらせながら、麻生は吐いた。

「どうしたの、麻生さん——」

ひどく遠い所で、布引の声が響いていた。

何度も吐きながら、麻生は、頭の中に、あの美しい、頂の螺旋を想い描いていた。

4

夢だというのはわかっていた。

切ない夢だった。

見あげている。

螺旋を、である。

その螺旋を、麻生は、立って見あげているのであった。

立つ、といっても、麻生の立っているそこは大地ではない。大地ではなく、奇怪な形状をした、生き物の群の上に立っている。

いや、どうやら、自分も、その奇怪な形状をした生き物のうちの一匹であるらしかった。

おびただしい数の生き物がいた。

毛を生やしたもの。

鱗を持ったもの。

アメーバー状のもの。

細長いもの。

温かいもの。

冷たいもの。

四本脚のもの。

二本足のもの。

這うもの。

これまで、地球上に生まれたあらゆる生き物が、そこにいるのである。

いて、蠢《うごめ》いている。

あるものは粘液質の身体をくねらせ、あるものは無数の触手をからませ合いながら、動いていた。

魚もいれば、蜥蜴《とかげ》もいれば、単細胞の生物もいる。動物も、植物も、皆一緒だ。

手足のある魚が、麻生の脚を這い登ろうとしている。

その魚に、蛭《ひる》が巻きついている。

歯のある鳥が、どろどろと群れ合った生き物の中から頭を出し、その蛭ごと魚をついばむ。

麻生の脚に、その歯が当り、血が流れ出す。その血を、無数の生き物が集まって舐め始める。

巨大な爬虫類《はちゅうるい》がいた。

その爬虫類に、虫や、蛇や、鳥や、植物がびっしりとたかっている。

爬虫類は、その口に、馬に似た哺乳動物を咥《くわ》えていた。その顎《あご》から血は流れ、爬虫類の喉を伝う。

その血をすすろうとして、周囲から生き物どもが飛びついてゆく。そういう生き物に舐められて、流れゆく血は下まで届かない。

視覚のズーミングが無意識のうちに調整されているように、どんなに小さな生き物、微生物までも、その眼に捕えることができた。

いったい、どれほどの数の生き物がいるのか見当がつかない。

見渡す限り、同じ光景が続いていた。

その、あらゆる生き物の群で造られた大地から、巨大な螺旋が、虚空遥かに伸びていた。

おそろしく巨大な螺旋であった。

一見はでたらめに見える生き物の群は、よく見ると、皆、その螺旋に向かって移動しているのであった。

移動しながら、啖《くら》い合っているのである。

生き物の群は、その螺旋にたどりつき、螺旋を登っているのだった。

その生き物におおわれて、螺旋の本体は見えない。

どの表面を見ても、生き物が動いている。

もしかしたら、螺旋に本体などなく、その生き物の群自体が、螺旋状に天に登ってゆこうとしているのかもしれなかった。

視線で追えば、頭上遥かの虚空に、際限なくどこまでも螺旋が見える。果てのない螺旋であった。

どんなに遥かな先の螺旋の上にも、生き物がたかって、動いている。

上へ、上へと登ってゆく。

それが、暗黒の宇宙に見えているのだった。

無目的な衝動のようなものが、その生き物の群を支配しているようであった。

その衝動は、麻生の内部にもあった。

あの生き物の群に混じって、自分も螺旋を登ってゆかねばという、狂おしい思いがある。

しかし、それに耐えて、麻生は、螺旋を見あげていた。

その螺旋が、遥かに天に伸びたその果てに、一個の天体が浮かんでいた。

それは、月であった。

その月が、生物を呼んでいるのである。

麻生を呼んでいるのである。

螺旋は、無限の距離を輪廻《めぐ》ったその果てに、月に届いているようであった。いや、その月から、その生命の螺旋がほどけ落ちてきているようであった。

見あげながら、麻生は考えている。

何故、自分もゆかないのか。

何故、自分はただ見ているのか。

切ない思いが、胸を締めつけている。

麻生の脚を、何かが喰っていた。

蛇が、麻生の脚にからみついて、足首から呑み込もうとしていた。

腹の上を、蟹に似た虫が這い、そこの肉を喰べていた。

胸や、腕の筋肉の中にも、何かが入り込んでいるようであった。そこの肉が、内側を這うもので、もこもこと動いている。

しかし、そういうものよりもなお、麻生の心を、苦しく締めあげてくるものの方が強かった。

自分は、螺旋から、拒否されてしまったのだという想い。

あの、虚空の螺旋を登りつめた果てに待っている至福感は、もう、二度と手にはできないのだ。

麻生は、泣いていた。

声をあげて、泣いた。

その低い自分の声で、麻生は眼が醒めたのであった。

朝であった。

早朝だ。

昇ったばかりの陽が、直接窓のカーテンに当り、その透き間から鋭利なナイフのような光が、部屋に差していた。

拳で、頬をぬぐった。

拳が濡れている。

夢の中だけでなく、実際に涙を流していたらしかった。

顔をあげて、横を見る。

そこの畳の上に、螺旋が転がっていた。

その螺旋に、麻生は意識を向けた。

頭の中に、あの頂の螺旋のかたちを想い描いた。

待った。

しかし、あの、聴こえてくるはずの、澄んだ音は聴こえてはこなかった。

未来の幻視もない。

なおも螺旋を見つめてから、麻生は視線にこめていた力を抜いた。

畳の上に、ぽつんと、その黒い螺旋が転がっていた。

オウムガイの化石。

これが、南アルプスから持ち帰った三つの螺旋のうち、ひとつだけ残された麻生の螺旋であった。

その螺旋に眼をやりながら、いったい、自分はどうしてしまったのかと、麻生は思った。

どうもしやしない。

元にもどっただけのことであった。

奇妙な、鈴の音に似た幻聴もなければ、未来を覗いてしまうこともない。

しかし、麻生は、もの足りない淋しさを味わっていた。自分の肉体から、大切なものが、ごっそりと抜け落ちてしまったようであった。

あの晩からであった。

五日前、布引と渋谷で会い、その実験をしてからだ。

ふいの頭痛と吐き気に襲われて、麻生は、〝深海魚〟の床にうずくまり、胃の中のものをほとんど吐き出していた。

その発作は、十分近く続いた。

それ以来、時おり、耳の奥に響いていた、澄んだ鈴の音は聴こえなくなった。

わずか二、三秒にしろ、未来の幻視も失《な》くなった。

あれは、夢であったのかと思う。

もともと、未来を見る能力などなかったのだと思う。

――しかし。

夢としても、なんという夢であったことか。

はっきりと、その夢の実体を覚えているわけではない。もともと、人に語れるようなレベルの夢ではなかった。

自分が、感覚として、その夢を見たのか、絵《かたち》としてその夢を見たのか、それすらさだかではない。

しかし、その至福感は覚えている。

過ぎてみれば、その色や、絵や、音――それらの感覚は朧《おぼろ》な彼方にあるのだが、おそろしくリアルな体験であったような気がする。

リアルなくせに、今は遠い。

どうしても、そのリアルな感覚を蘇らせることはできなかった。

考え方、見方、認識の仕方のどこかを、わずかに変えるだけでいいのだという気がしている。それができれば、あの感覚がもう一度蘇ってくるはずだと思う。

だが――。

それをうまく言葉にできなかった。

言葉にしようのないものであった。
ものの存在《ありよう》の根本的な姿を見たようでもある。
どこにでもあるものだ。
この自分の中にも、そこらの石や草の中にもあるようなもの。
わかりそうで、遠い。
畳の上に転がっている螺旋を見ていると、胸が苦しくなってくる。
もどかしかった。
頭の芯が、重い。
昨夜の酒が残っているのである。
昨夜、仕事が終った後、川辺と久しぶりに飲んだのだ。
飲んで、からんだ。
わけのわからない話をした。
ビールから始まって、それが酒に変るまでは、まだ、自分を抑えていられたのだ。
「山を、始めたんだって？」
ビールでの乾杯を終えて、川辺が言った。
久しぶりの酒だった。
会うのも五カ月ぶりだ。

「ああ」

と、麻生は小さくうなずいた。

日本での、木島の葬式やら、事故の後始末やら、そういうことがすんで、あの時のメンバーとは、会う機会が急に減ったのだ。

「伊藤から聴いたよ」

川辺は言った。

春——まだ、雪の残っている唐沢に、大学の山岳部のメンバーに混じって麻生が出かけたことを、川辺は伊藤から聴いているらしかった。

「たいへんだな」

ぽつりと、川辺が言った。

雪崩の悪夢にうなされて、麻生が、テントの外へ飛び出したことについて、言っているらしかった。

「ぼちぼちやるよ」

麻生は答えた。

「南アルプスへ、行ったんだって?」

「ああ」

「足は、どうなんだ」

「なんとか、だましながら登れば、だいじょうぶそうだ――」

「偉いな」

低く、川辺が言った。

「どうしてだ？」

「おれは、あれからどこにも行ってないんだ」

「別に偉くなんかない。おれが、まだ、足を洗えないだけなんだ」

麻生は言った。

川辺は、やはり木島と同じように、勤めていた会社をやめて、ヒマラヤに参加した人間であった。

帰ってからは、生命保険のセールスをやっている。

昔、行った山の話をした。

山の話をしながら飲んだ。

酒が入るにつれて、麻生の頭の中に蘇ってきたのが、あの、〝深海魚〟でのことであった。

切ないものがこみあげた。

話すうちに、

「同じなんだよな――」

ふいに、麻生はつぶやいた。

そして、麻生が、川辺に、子供のようにからんだのである。

「なあ、川辺――」

麻生は言った。

居酒屋の、狭い座敷の隅であった。

「同じなんだ、みんな同じものらしいんだよ――」

酒のまわった声であった。

何度も同じことを言い、その度に、川辺が何が同じなんだと問う。

「だから、みんな同じなんだ……」

麻生は、そう言った。

「おまえ、ペースが速いんじゃないのか」

川辺が言った。

川辺の言葉を、麻生は、聴いていなかった。

自分の言いたいことだけを、言った。

よくない酒だった。

「なあ、川辺、おれとおまえとは、違う。別の人間だ。そうだろう？」

言った。

「ああ」

「だけど、同じなんだ」

「どう同じなんだ」

「だからさ、レベルの問題なんだ。おれとおまえが違うというのは、つまり、名前が違うってことなんだ」

「――――」

「この社会の中で、立場が違うんだ。違う場所で生きて、違う人間を知り合いに持っていて、違う女とつき合って――」

「――――」

「だけど、同じなんだ、見方を変えればな」

「どういうことなんだよ」

徳利の酒を、手酌で自分の杯に注ぎながら、川辺が訊く。

「同じ人間じゃないか」

麻生は言った。

「人間?」

「そうだ。おれとおまえ、麻生誠と川辺治は、人間であるということで同じなんだ。そういうレベルの視線で見ればな――」

やっと、わずかに、川辺は、麻生の言うことが呑み込めたらしかった。

「だから、人間と、犬だって同じだ。動物ということではな――」

言いながら、麻生は、自分が何を言っているのかと思った。

おれは何を言っているのだ。

「そうだな」

酒を口に運びながら、川辺が言った。

「だからだ――」

麻生はうめくように言った。

もどかしかった。

もどかしいけれども、言った。

「――ここのコップと」

麻生は、まだ、ビールが少し残っているコップを指差してから、その指を、カウンターの下に向けた。そこに、ポリバケツが置いてあった。

「あそこのポリバケツも同じなんだ。この杯とも、茶碗とも同じなんだ。器というレベルで見るんならな」

「ああ」

「だから、みんな同じなんだよ。本当は同じなんだ。人間と、犬が同じ。人間と、ゴキブりも同じ。人間とコップが同じで、人間とこの地球とか星とかそういうものとも同じなんだ。そういうレベルの視線があるんだ」

言いながら、麻生は違うと思った。

違う。

あの時のあれは、きっと違う。

人とか星とかいうレベルではない。

さらに深いレベルの感覚だ。

生命と、物質とも同じものであるという感覚、想うということと、在るということすら、同じであったはずの感覚――。

もとより、言葉ではない。

それを言葉にしようとしている。

言葉にできない。

しかし、それを、自分は一度は手にしたはずなのだ。

それが、今はどこかに消え去っている。

狂おしい。

螺旋を頭に思い描くと、ふと、その感覚に意識の触手が届きそうな気になる。

しかし、それは、そういう気になるだけだ。

どちらの方向へ、意識を向けたらいいのか、それが、わずかにわかりかけた程度のことだ。

「そうだろう？」

麻生は言った。

学生のようだと思った。

いや、こんな話など、高校生だって、今はやらないだろうと思った。

川辺は、うなずくだけであった。

しばらく同じという話をし、何の脈絡もなく、麻生は言った。

「おれは、山をやめないよ」

ふいに、別のことを言ったりもした。

小夜子にも言った、同じ言葉であった。

山をやめないという、そこにだけは、すがれるような気がした。

それが、昨夜だ。

その酒が、残っている。

麻生は、上半身を起こした。

頭の芯《しん》が痛い。

起きねばならなかった。

走るためである。

それが、ここ半年余り続けている、麻生の日課であった。

頭を振って、部屋の空気を吸い込んだ。

自分の体臭が、染み込んだ部屋であった。

男の巣の臭いだ。

雑然と、山の道具が散らかっている。

壁に、ザイルやピッケルがかかっている。居間との境にある梁《はり》の一部が、汚れで黒く光っている。麻生の指の脂の汚れだ。

いつも、そこに指先でぶら下がって、指を鍛えた場所だ。

右手でも左手でも、一方の人差し指と中指の二本で、麻生は自分の体重を支えることができる。

わずか数ミリの岩のホールドに、その二本の指先がかかれば、自分の体重を引きあげることができるのである。左手の指が、今は二本失われているが、それは、まだ可能であった。

起きあがろうとして、枕元に突いた右手に、触れるものがあった。

紙だ。

麻生は、それを手に取った。

昨夜、飲んでもどり、眠る寸前まで、蒲団の中で眺めていたものであった。

本のグラビアページを、コピーしたものであった。

「これか……」

麻生はつぶやいた。

〝深海魚〟で布引と会ったおり、別れ際に、布引が渡してくれたものだ。

「これ、いつか話してたやつのコピーなんだ」

と、布引は言った。

「コピー?」

「ほら、螺髪《らほつ》のことでさ、昔、江戸時代に、オウムガイが、生きたまま日本に流れついたことがあるらしいって、話をしたことがあったと思うんだけどな――」

「あの時の?」

「『海洋通信』て雑誌で、オウムガイの特集をやった時の記事のコピーなんだ」

〝江戸時代のオウムガイ〟

そういうタイトルの、一ページの記事であった。

その記事には、写真が二点使ってあった。

一枚は、五十代の男の上半身の写真であった。

もう一枚は、奇妙な箱形をしたものであった。

箱の横に、手でまわすハンドルのようなものがあり、箱の上部の面の中心あたりから、一本の棒が立っていた。その棒の上に、オウムガイの殻が乗っているのである。

その写真のキャプションに、

〝西沢四郎さん所蔵、オウムガイのエレキテル。製作者は平賀源内か？〟

そう書かれていた。

もう一枚の写真に写っている五十代の男が、その所有者の西沢四郎だった。

西沢家は、もともと杉田玄白と縁故の深い家系で、どうも、その昔杉田家から譲り受けたものであるらしいとの、西沢四郎の談話が載っていた。

杉田玄白は、平賀源内とは友人であった人間である。

共に、当時の江戸文化の中にあっては、奇人の部類に入る人間だった。

インタビュー記事が、ページの約三分の一ほどあり、その記事の何行かに、布引が引いたらしい、赤線が入っていた。

記・しかし、オウムガイが、江戸時代にあったんでしょうか。

西沢・流れついたものなんじゃありませんか。螺髪というひとが、おかしな貝が、その時代に流れついたことがあると書いていますから——。

記・螺髪というのは、どういう人なんですか。

西沢・平賀源内のペンネームのひとつだということらしいんですが。あのひと、いくつも名前を持っているひとでしょう？

記・風来山人とか、色々あるみたいですね。

西沢・ええ。

記・それで、このオウムガイのエレキテルなんですが、何に使ったんですか。

西沢・よくわからないんですよ。飾りのようなものかもしれませんね。


赤線が入っているのはそこまでであった。

麻生は、昨夜、眠る前にその記事を読んでいたのである。

西沢四郎の名が印刷してある下に、

〝杉並区・自営業〟

と、あった。

蒲団の上に座ったまま、カーテンから洩れてくる明りで、麻生はその記事にもう一度眼を通した。

その記事を、また枕元に置いて、麻生は立ちあがった。

5

午前七時三十分——。

まだ、車がせわしく動き出すには、しばらくの時間があった。

麻生は、ゆるくアスファルトを蹴りながら、走っていた。

いつもより、三十分ほど遅れている。

昨夜、酒を飲みすぎたことと、記事に眼を通していたのが原因であった。

ゆっくりと、走る。

指のない足に負担をかけないためである。

リズムを、身体に刻み込むように走る。

このペースでも、十分ほど走れば、運動するのにほどのよい公園に出る。

近くの公園に出、軽く柔軟をやり、その後に、公園内のコースを五周するのが、麻生のいつものメニューであった。

五周が終ってから、芝生の上で軽く身体を動かし、腕や、腹筋や、首に筋力をつけるトレーニングをする。

その後、筋肉をほぐしてから、暮らしているアパートまで、また走って帰るのだ。

その公園に向かいながら、麻生は、遅れた分、いつもよりメニューを少なくするかと、走りながら考えていた。

公園を五周で、四キロ余りである。

足の指を何本か失くしてから、その四キロ余りを、麻生は二十分はかけて走るようにしている。

左右に、住宅の建ち並ぶ、道であった。

足がアスファルトを踏む度に、頭に痛みが走る。

一周か二周、公園をまわる回数を減らそうかと、麻生は考えていた。

公園に入った。

中央に、噴水がある公園であった。

その噴水の見える芝生の上まで走って、麻生は足を止めた。

芝生といっても、芝生はほとんど禿《は》げ、草地になっている。

もとは、入ってはいけないという札も立っていたのだろうが、今は見当らない。

夕方には、少年がボールを蹴ったりする場所であった。

少し先に、先客がいた。

いつも、麻生と同じくらいの時間にやってくる、中年の男だった。

ゴルフのクラブを抱えてやってきては、そこでスイングの練習をする。

ボールが飛ばない、叩くだけの練習用のセットを持ってきて、それを地面に置いて、叩く。

話をしたことも、挨拶《あいさつ》をしたこともないが、麻生が、この公園に通うようになった時には、すでにいた人間である。

他にも、朝のこの時間帯に、この公園を利用している常連がいた。

麻生と同じように、走る人間が三人。

犬を連れて、散歩に来る老人がひとりである。

その人間たちとは、四回に三回は、必ず顔を合わせる。たまに、誰かの顔が欠けるだけである。

それ等の誰とも、麻生は話をしたことがなかった。

今日は、いつもより三十分ほど遅れているため、彼等の半数には会えないかもしれなかった。

ジョギングパンツと、Tシャツ姿だった。

麻生は、そこに立って、上半身を、深く前に折った。

手の平が、ぴったりと、地面につく。

指のない左手――。

柔軟を始めた。

いつもより、内容は軽めだ。

背筋に、バネがもどってきているのがわかる。

麻生が、その視線に気づいたのは、尻を地面に突いて、上体を前に折っている時であった。

ふっと顔をあげた。

正面に噴水があった。

その噴水の前に、噴水に背を向けるかたちで、ひとりの男が座っていた。

その男が、さっきから麻生に視線を注いでいるのである。

男——というより、老人に見えた。

髪が、みごとに白いのだ。

しかし、顔そのものは、それほどの歳には見えない。五十歳前後——せいぜいが、五十代半ばくらいである。

髪も白い。

その白い髪に、斜め横から朝の陽光が当っている。

老人の頭の上では、桜の青葉が、風にうねっている。

初めて見る老人であった。

その老人は、ジーンズを穿き、無造作な感じで、綿のシャツを着ていた。

その格好に、不思議と違和感がない。
背筋が伸びていて、あまり、無駄な肉が、身体についていないからかもしれない。
一瞬、眼が合った。
しかし、その老人は、視線を逸《そ》らさなかった。
不思議な光を、その芯に持っている眼であった。
その眼が、なつかしいものでも見るように細められていた。
先に、視線を逸らせたのは、麻生であった。
走り出すまで、麻生はその老人の視線を受けていた。
次に老人と眼が合ったのは、走り出した時であった。
ちらりと老人の方に送った麻生の視線と、麻生を見ていた老人の視線とが合った。
その時にも、老人は視線を逸らさなかった。
先に視線を逸らせたのは麻生の方であった。
麻生は、走り出した。
公園の、すぐ内側を走る道に出た。
アスファルトの道だ。
欅や楠《くすのき》が、道の両側に生えている。
まばらな生え方だ。

その道を走る。

公園の外側を右に、噴水のある中央を左に見るかたちである。

走りながらでも、噴水の方向を見ることができる。

一周近く走ってきて、麻生は、噴水の方角に眼をやった。

さっきのベンチはまだあったが、そこに座っていたはずの老人の姿が消えていた。

ほっと、緊張がゆるんだ。

その時、前方の左手、ほぼ一周目のあたりに、麻生は、その老人を見つけたのであった。

大きな楠が、麻生が走っているアスファルトの道の上に、その枝を伸ばしていた。

その楠の根元に、さっきの老人が立っていたのである。

立って、麻生を見つめていた。

その横を走り抜けた。

走り抜ける時に、麻生は、左頬にその老人の視線を感じていた。

——誰か？

走り過ぎてから、麻生は思った。

直接にか、間接にかはともかく、その老人は、麻生を知っているようであった。

二周目にも、老人は、そこに立っていた。

奇妙な老人だった。

二度目に、そこを通り抜けた時に、自分の後方から、自分の巻きおこした風が追ってくるように、小さく、囁く声が聴こえてきたようであった。

「しんさん……」

そう聴こえた。

あるかなしかの声であった。

何だかわからなかった。

独り言のようでもあり、麻生に呼びかけたようでもあった。

そんな口調だった。

〝しんさん〟

という、人の名を呼ぶ声であったようでもあり、

〝辛酸〟

であったようでもある。

〝深山〟

であったかもしれず、

〝陰惨〟

であったのかもしれない。

何だかわからない。

通り抜けてから、聴こえたのだ。

振り向かねばならないほどの、呼びかけの意味さえこもってはいなかった。

「何だったのか――」

走りながら、麻生は思った。

三周目に、もっと注意深くその老人を観察して、場合によっては、どなたですか、と声をかけてみようかと思った。

しかし、三周目にその場所にたどりついた時、すでに、そこから老人の姿は消えていたのであった。

第四章　陰力の夢

1

雑踏の中を、麻生は歩いていた。
軽く酒が入っている。
渋谷であった。
午後の十時——。
麻生の周囲に群れているのは、若い男女であった。
十代から、二十代前半の男や女。
いずれも学生であろう。
学生等の発する嬌声《きょうせい》や、笑い声が、麻生の耳に飛び込んでくる。
そういう通りだった。

暗さの感じられない、男や女の顔が、麻生の前を、後ろを、横を、通り過ぎてゆく。

彼等の表情からは、一様に暗さが欠如していた。

ぼうっとしている人間はいても、暗い顔をしているものはいない。

この街から出れば、彼等にも、彼等なりに抱えているものがあるはずなのに、この街に繰り出してきている彼等の顔からは、そういうものが読みとれなかった。

——自分はどうだったのか。

と、麻生は思った。

自分が、彼等の年齢であった時は、いったいどういう顔をしていたのだろう。今、自分の周囲に群れている若者たちのような、ああいう顔をしていたのだろうか。

わからなかった。

おそらくはきっと、同じような顔をしていたのだろうと思う。

ずい分歳のいった人間のような考え方をするな、おれは——。

そういう思いが、胸をよぎった。

いずれにしろ、この街の、この通りの賑やかさは、それほどいやではなかった。

アイスクリームを舐めながら歩いている十代の女と、アニメのキャラクターを描いたTシャツを着て歩いてきた男が、麻生の前で、出会いがしらに大きな声をかけ合った。

抱き合うようにして飛び跳ねるその姿も、いやではなかった。

中学生か高校生かと思ったが、どちらも大学生のようであった。何週間か前の、どこかのコンパで知り合い、ここで偶然に再会したらしい。

ふたりの横を通り過ぎるまでに、ふたりの会話から、それがわかった。

そういう雑踏の中に身をまかせているというのは、よかった。

知らない異国の、夜の海に、浮いているような気分になる。

〝深海魚〟に、ゆこうと思ったのだ。

ゆこうとして、そこにたどりつけなかった。

路地をどこかで間違えてしまったらしかった。

一度だけ、布引に連れられて行った店である。はっきり、店の場所を覚えていたわけでもなかった。

間違えた足でそのまま、どこの店にも入りそびれて、歩いている。

杉並まで、西沢四郎を訪ねた帰りであった。

布引のコピーしてくれた記事にあった、〝オウムガイのエレキテル〟の持ち主の、西沢四郎である。

西沢は、杉並で、喫茶店を経営していた。

〝エレキテル〟

そういう名前の喫茶店であった。

仕事を終えて、調べた西沢の家の電話番号をダイヤルすると、

「エレキテルです」

という声が答えた。

それで初めて、麻生は、西沢が喫茶店をやっていることを知ったのである。

麻生は、自分の名を告げてから、『海洋通信』の記事を読んだことを言った。

「もう、三年も前の記事ですよ」

そう言って西沢は驚いた。

〝オウムガイのエレキテル〟について話を聴かせてもらいたいのだと、麻生は言った。できれば、実物を見たいと――。

「残念ですが――」

と、電話口で西沢は言った。

「あれは、もう、手元にないのですよ――」

「どうしたのですか？」

「売ってしまったのですよ」

西沢は言った。

それでも、せっかくだから、話を聴かせてくれと、麻生は西沢に言った。

西沢から、店の場所を訊いて、麻生は〝エレキテル〟のドアをくぐったのだった。

西沢は、写真よりも、きっちり三年ほど老けて見え、そして、写真よりもいくらか太っていた。

カウンターのある店であった。

夜になれば、酒も出るようになっているらしかった。

二十人ほど入る店に、半分ぐらい、客が入っていた。いずれも、男と女のカップルだった。

麻生は、カウンターに座って、ウイスキーの水割を注文した。

それを飲みながら、話をした。

「あの記事が出て、三日後くらいに、あれを見せてくれという方がいましてね――」

西沢は言った。

西沢は、自分でビールを抜いて、それを飲みながら、話をしているのである。

「――五十歳くらいの、宇野島《うのしま》さんとおっしゃる方でしてね」

「その方に、あれを売ってしまったんですか――」

「そうです。見たら、ぜひともこれを譲って欲しいと言われましてね。なんでも、半賀源内が好きで、彼についての色々なものを集めているのだそうですよ」

「――――」

「始めは、売るのもためらったのですよ。なにしろ、昔からのものでしょう」

「たしか、杉田玄白の――」

「ええ。うちの先祖が、杉田玄白のところへ、よく出入りしてたらしくて、それで、杉田玄白から預かったものらしいんですがね」

「記事で読みました――」

「一度は断ったのですが、そうしたら、また日をあらためて、その宇野島さんがいらっしゃいましてね。どうしても売って欲しいというんですね。その値段も、かなりの額でして、それで――」

「売ったのですか」

「ええ」

「そうですか――」

「その時は、ここは雑貨屋だったんですよ、まだ――」

「――」

「建物も古くて、そろそろ建てなおさなくてはと考えていた時期でもありましてね」

言って、西沢は、店内を見まわした。

「この店の、かなりの部分は、〝オウムガイのエレキテル〟が化けたものということですよ――」

だから、店の名前を〝エレキテル〟にしたのだと言い、西沢は苦笑いをした。

「その、宇野島さんは、どういう方なんですか——」

「さあ。御商売まではねえ。名刺をいただいたんですが、それには住所しか書いてありませんでしたから——」

「そのひとにお願いすれば〝オウムガイのエレキテル〟を見せてもらえるでしょうか——」

「さあ、どうなんでしょうか?」

「連絡先はわかりませんか?」

「この家を建てなおすまでは、どこかにその名刺があったと思うのですが、今は、もうどこかに行ってしまって——」

「——」

「たしか、赤坂の方の、なんとかというマンションにお住まいだったと思うんですがねえ——」

「宇野島——なんというのか、お名前の方はわかりませんか——」

「重吉《じゅうきち》だったと思います」

ビールを口に運びかけ、そう答えてから、西沢はコップに唇をつけた。

「宇野島重吉さん、ですか——」

麻生が言うと、西沢は、うなずきながら、空になったコップを、カウンターに置いた。

「お金があるんでしょうねえ。道楽のものに、ああやって、ぽんと現金が出せるんですから——」

西沢が、ビールの二本目を抜いた。

西沢は、腰を据えるつもりらしかった。

カウンターの中には、もうひとり、西沢の娘らしい若い娘がいて、その娘が、さっきから、客の注文を受けたり、レジをやったりしていた。

「その、〝オウムガイのエレキテル〟なんですが、何に使うものなんですか?」

麻生は、新しく口を開けたビールを、西沢のコップに注ぎながら言った。

「さあ、それが、さっぱりでねえ——」

「宇野島という人は、何と言ってたんですか?」

「売る時に、訊いたんですが、宇野島さんも、わからないと言ってました」

「そうですか」

しゃべりながら飲んでいるうちに、麻生も二杯の水割を空けていた。

「それで、螺髪という人のことなんですが——」

麻生は言った。

「ああ、螺髪ね」

「その人の書いた本の中に、江戸時代に、オウムガイらしいものが、海で捕れたと、そういうようなことが書いてあったらしいですね」

「ええ」

「どういう本なんですか――」

「手書きのね、古い本ですよ」

「手書き？」

「そうです。〝オウムガイのエレキテル〟と一緒に、うちに置いてあったんですがね――」

「その本は、今、あるんですか」

「すみませんねえ。その本も、実は、〝オウムガイのエレキテル〟と一緒に、宇野島さんに売ってしまったんですよ」

「そうですか――」

麻生は、力が抜けてゆく思いであった。

「タイトルは覚えてますよ。たしか『渦様生物原理』と、そういう名前だったと思います――」

「『渦様生物原理』、ですか？」

「はい」

「それに、オウムガイのことが書いてあったんですね」

「そうらしいんです」

「らしいというのは？」

「いえ、昔のああいう字は、とても、わたしには読めませんでね。父が、読んで教えてくれたんですよ」

「お父さん？」

「もう、九年前に死んだんですが。そっちの方面には、わたしよりも知識があって、ああいう本でも、なんとか読めたみたいです」

「じゃ、お父さんが、螺髪のことは──」

「うちに、ああいうものがありましたでしょう。それで、一度、父と話をしたことがありましてね。ほんとうに、江戸時代に、オウムガイがあったのかってね。もしかしたら、明治のころの、誰かが造ったものじゃないだろうかというようなことを──」

「──」

「そうしたら、父が『渦様生物原理』のことを言い出して、あの本の中に、ちゃんとオウムガイらしいものが、当時海で捕れたということが載っているぞと教えてくれたんですよ
──」

「それだけですか？」

「え？」

「他にも、その本のことや、螺髪のことについて、お父さんが何かおっしゃっていたとい

うような記憶はありませんか――」

「ありませんねえ」

「しかし、何かの時に、そんなことを口にしたというようなことはありませんか――」

「そうですねえ」

西沢は、飲もうとして、ビールの入ったコップに手をそえたまま、麻生を見た。

「そうだ、忘れてましたよ。こんなことも言ってたことがありましたね」

「どんなことですか」

「平賀源内というのも、頭がいいが、この螺髪というのも頭がいいなと――」

「――」

「どうも、父の話だと、物質には力が眠っているのだと、そういうことが、その本には書いてあったらしいですね」

「それは、凄いことですね」

「それから、物質というものにも力が眠っているように、かたちの中にも力が眠っているのだとも――」

「その本の中で、螺髪が書いていたということですね」

「ええ。それで、その眠っている力というのは、特に、螺旋のかたちをしているものほど強いのだということも、書いてあったようです」

その言葉を耳にした時、ぞくりと、麻生の背を、疾り抜けようとしたものがあった。

しかし、それは、小さく、微かで、疾り抜ける手前で、どこかに消えていた。

「どうしました?」

その麻生に、西沢が声をかけてきた。

「何でもありません。どうぞ、続けて下さい――」

麻生は言った。

「それで、わたしは、親父《おやじ》に言ったんですよ……」

いつの間にか、父が親父になっている。

「なんと?」

「そんなに頭がいいんなら、その螺髪って人と、平賀源内は、同じ人間じゃないのかってね」

「へえ」

「そうしたら、親父のやつ、妙に感心しちまいましてね。なるほど、そうか、そういうこともあるだろうなって――」

西沢は、そう言って、残ったビールを飲み干したのであった。

その後、話はたあいのない雑談になった。

その雑談のおり、ふと思いついて、麻生は西沢に訊いた。

「ところで、ひとつ、うかがいたいんですが――」

「何ですか?」

「さっき話のあった宇野島重吉さんですが、髪が白い方じゃありませんか?」

麻生は、昨日の朝、公園で自分を見ていた白髪の老人の姿を思い出しながら、訊いた。

「いえ。宇野島さんは、少なくともわたしがお会いした時には、髪はまだ黒く、たっぷりと残っていましたけど……」

西沢は答えた。

話がすみ、麻生が、礼を言って、その店を出ようとしたのは、それから十分後であった。

ドアまで歩いた時、背後から声がかかった。

「ああ、麻生さん、もうひとつ、思い出したことがありましたよ……」

麻生が振り返った。

結局、麻生が店を出たのは、それからさらに三十分後であった。

そして、渋谷に向かい、今、その街の雑踏の中を、どこへともなく歩いている最中なのであった。

2

麻生は、迷っていた。

なんだか、何度も、同じ場所を歩いているような気がした。

人の渦。

人の流れ。

ネオン。

そういうものに、酔っているようであった。

酒が入っているためばかりではなく、身体のどこかに、軽い興奮が、いつまでも消えずに残っていた。

〝エレキテル〟

西沢の店で、麻生の背に忍び込んできた興奮であった。

〝その眠っている力というのは、特に、螺旋のかたちをしているものほど強いのだと――〟

西沢は、そう言った。

そうだ。

と、その言葉を耳にした時から、麻生の内部には、共鳴するものがあった。

そうなのだ。

麻生は、夜の都会の底で、迷っていた。

迷っていることが、不快ではなかった。

かつて、太古の海の底でも、同じように、進化の袋小路に入り込んで、迷っていた螺旋もあるのだ。

その螺旋の名前を、麻生は知っていた。

その螺旋は、迷いぬいたあげくに、その太古の海の底で、滅んでいったのである。

アンモナイト——。

それが、その太古の海に滅んでいった螺旋の名前であった。

アンモナイトは、オウムガイに遅れること一億数千万年——今からおよそ四億年前のシルリア紀の前期に、オウムガイから枝分かれして生まれた種である。

進化の鬼子だ。

アンモナイトは、オウムガイに比べ、異様なほどの繁殖力を持っていた。

わずか一億年足らずの間に、その種の数を増やしてゆき、種の数においても個体数においても、オウムガイを追い越してしまうのである。

逆に、アンモナイトに追われるように、オウムガイはその種の数と個体数を減らしていった。そして、ついには、中生代になる頃には、現在の一属四種というかたちに近い状態になっていたらしい。

その時には、彼らは、すでに今日のオウムガイの持つ対数螺旋形を有していたと言われている。

アンモナイトは、個体数を減らしてゆくオウムガイを尻目に、中生代において、最盛期をむかえていた。

中生代の最後である白亜紀に、それは頂点に達し、種の数一万五千種類を数えるまでになった。

オウムガイが、三千五百種であったことを考えれば、驚異的な数である。

何故、このようなことがおこったのか。

アンモナイトも、オウムガイも、ほとんどその生活形態は同じである。

姿も同じ螺旋形だ。

同じ環境があれば、同じように栄えてかまわない生物である。

なのに、一方は爆発的に種の数を増やし、一方はその数を減らした。

しかし――。

皮肉なことに、種として、現代までに生き残ったのは、数の少ないオウムガイの方であった。

一万五千種もいたはずのアンモナイトは、現在、地球上の、どの海にも生息していないのである。

何故なのか?

同じ環境があれば生き残れるはずのふたつの生物のうち、一方が、何故、ここまで完璧に滅び去ってしまったのか。

――オウムガイ。

――アンモナイト。

太古の海の中で、このふたつの螺旋によって、どのような闘いが演じられたのか。

麻生は、思う。

現代という、この視点から眺めれば、進化の袋小路に入り込んで、あがいていたのは、むしろ、オウムガイではなく、数において勝っていたアンモナイトの方ではなかったのか――。

アンモナイトは、その絶頂期であるはずの中生代の白亜紀に、ふいに、滅んでしまった。一種たりとも生き残らない、完璧な滅びである。

アンモナイトが、白亜紀において、その数を爆発的に増やしたのは、むしろ、その滅びを予感した、種としての最後のあがきだったのではないか。

中生代の三畳紀から、ジュラ紀、白亜紀と数えれば、およそ一億六千万年間のあがきである。

その数が、最後の白亜紀において、急速に増えたのは、なんとか、生き残るための螺旋を生み出そうとした、アンモナイトの必死の試みであったのではないだろうか。

凄まじいまでの不気味な力を、その現象に、麻生は感じていた。

あらゆる形態のアンモナイトが、その時に生まれている。

あらゆる大きさのアンモナイトが、その時に生まれている。

殻の大きさは、小さなものから、急速に大きなものへとふくれあがっている。

殻の大きさが三メートルにもなるアンモナイトは、この時期に生まれたものだ。

これでもか、これでもかというほどに、異様な螺旋が、この時期に生み出されたのだ。

太古の海で行なわれた、そのアンモナイトの、空しい滅びのための闘いの証拠は、白亜紀の地層の中に、化石となって埋もれている。

ひり出したばかりの糞のような螺旋——ニッポニテス。

縦の方向に渦を巻いた螺旋——トゥリリテス。

龍《たつ》の落とし子のような形状をした螺旋——ハミテス。

歪《いびつ》に押し潰されたような螺旋——ケロティス。

まっすぐな棒状の螺旋もある。

これらが全て、同じアンモナイトであるとは、見ただけではとても信じられるものではない。

しかし、それ等は、まぎれもなく、同じアンモナイトであるのだ。

滅びを予感したればこその、異様な螺旋であった。

しかし、アンモナイトが、そういう滅びを、本当に予感できたのであろうかと、麻生は思う。

ただの偶然であったのではないか——。

わからなかった。

わかっているのは、ひとつである。

それは、オウムガイは生き残り、アンモナイトは滅びたという事実である。

アンモナイトの、異様な進化の仕方は、知らぬ間に忍び寄ってきた虎に殺される寸前、狂ったように暴れる家畜のようなものだ。

その狂ったような進化は、何も生み出さなかった。

結局、ただの一種も、生き残るための螺旋を、アンモナイトは生み出せなかったのである。

そして——。

と、麻生は思う。

もしかしたら、アンモナイトは、生まれたその時から、そのような滅びの運命を持っていた螺旋なのではないだろうか。

麻生は、酔ったように、街の雑踏の中を歩きながら考える。

背中のあたりに、不思議な、ぞくぞくする興奮がはりついている。

男や、女や、車や、ネオンの渦。

月が出ていた。

その人の渦の中を、ゆらゆらと歩きながら、麻生はなおも考えている。

アンモナイトを生み出したのは、オウムガイである。

しかし、それは、実は、生み出したのではなく、捨てられたのではないか。

オウムガイという種が、滅びの運命を負っている螺旋を、自分たちの外に捨てた――その捨てられた螺旋が、アンモナイトではなかったのか。

ぞくりと、麻生の背に、興奮が疾る。

もとより、それは、麻生の想像である。

想像以上のものではない。

しかし、捨てられた螺旋というそのイメージが、暗く、甘い興奮を麻生の肉に生じさせるのだ。

だが――。

何故、オウムガイが、そのような選択をできたのだろうか。

何故、アンモナイトが、自分たちの滅びを予感できたのか？
答は、すぐにありそうであった。
そのすぐ近くが、ひどく遠いようにも思われた。
自分は、その答を知っているのではないか——。
麻生は、考えた。
酔ったように、歩きながら、考えている。
時おり、人にぶつかった。
しかし、それも気にならない。
〝深海魚〟が、どこにあるのかは、もう、とっくにどうでもよくなっていた。
迷うために、歩いていた。
歩くために、迷っていた。
と——。
麻生は、ふと、その人影に気がついた。
自分の歩いてゆく前方に、その人影は立っていた。
そこに立ち、麻生を見つめていた。
大勢の人混みの中にあって、その人影だけが、眼に入り込んでくる。
その人影だけが、動いてないからだ。

動かずに、そこに立ち、麻生を見ていた。

男だ。

夏だというのに、黒いスーツを着ていた。

その男が近づいてくる。

いや、その男は、動かない。

その男が近づいてくるように見えるのは、麻生が、その男の方に向かって歩いているからであった。

四十歳くらいの男であった。

その男の前まで歩いてゆき、初めて、麻生は歩を止めた。

見つめ合った。

見つめ合ったのは、ほんの、十秒か、そこらの時間であった。

「麻生さんですね」

その男が言った。

低い声であった。

麻生は、黙っていた。

初めて見る顔だ。

「麻生さんですね」

男がまた言った。

一度目よりも、はっきりした声であった。

「ああ」

麻生はうなずいた。

「ちょっと、お訊きしたいことがあるのですが——」

男が言った。

「訊きたいこと?」

「そうです」

「何ですか?」

麻生は訊いた。

「あなた、さっきまで、杉並の〝エレキテル〟にお出かけになってませんでしたか?」

ふいに言われた。

「え、ええ——」

何故だ。

と、麻生は思う。

何故、この男は、おれが〝エレキテル〟に出かけたのを知っているのだ。

「そこで、何をお話しになったのですか?」

言い方は丁寧《ていねい》だが、質問の内容はぶしつけなものであった。

「それを、あなたに言わなくてはいけないのですか」

「いえ、そんなことはありません」

「では、答えられません」

麻生は言った。

「では、昨日のことです」

男が言う。

「昨日？」

「昨日の早朝です。公園であなたが走っている最中、あなたのことを、ずっと見ていた老人がいましたね」

「――――」

麻生は答えない。

「その老人と、あなたとの御関係を教えていただければと思ってるんですが――」

「あなたは、いったい、どういう方なんですか――」

男の質問に答えず、麻生は、逆に、男に質問した。

「わたしですか」

「そうです」

麻生は言った。

「わたしは、ある人物の、代理の者なのです」

男が、低く言った。

「ある人物、というのが、どういう方であるのか、ぜひとも聴かせてもらえませんか
――」

麻生が言うと、男は、少し黙り、そして、決心したように、静かに唇を開いた。

「わたしは、宇野島重吉の代理の者です」

男は言った。

3

高い塀に囲まれた、大きな屋敷であった。

塀も、最近では珍しい、土の塀だ。

土台に石を積み、その上に土塀がある。

塀には、瓦《かわら》で屋根がかけてあった。

大きな門を、車でくぐった。

くぐった左側が、駐車場であった。

その駐車場で、麻生誠は車を降りた。

ドアを開けてくれたのは、運転手である。

麻生が乗ってきたのは、ＢＭＷであった。駐車場には、麻生の乗ってきたものとは別に、二台の車が停まっていた。

ロールスロイスと、ベンツである。

麻生は、車から降りて、深く夜の大気を吸い込んだ。

森の香気がした。

塀の内側は、庭というよりは、森であった。

欅。

楠。

椎《しい》。

櫟《くぬぎ》。

楢《なら》。

楓《かえで》。

松。

麻生の知っているだけでも、それだけの樹が植えられているのがわかる。いや、植えられているというよりは、もともとそこに自生していたものであるのかもしれなかった。

ヘッドライトで見た分と、足元に落ちている落葉と、そして匂いとで、それだけの樹があるのがわかる。

森の底を、笹が埋めていた。

闇の中で、その笹が、風に小さく鳴っている。

ほどのよい手入れがされた森であった。

麻生の酔いは、醒めていた。

助手席から、ひとりの黒いスーツを着た男が降りてきた。

麻生を、渋谷で呼び止めた男である。

木村喬司《きむらきょうじ》——それが、その男の名前であった。

「行きましょう」

と、その男が、麻生に向かって言った。

先に歩き出した。

土の道だ。

その土を踏みながら、麻生は、男の後に続いた。

道の左右は、灌木《かんぼく》の繁みである。

駐車場と、道の途中に、外灯が立っている。

その外灯がなければ、一瞬、ここが夜の森かと錯覚してしまいそうであった。

見あげれば、梢越しの空は、ぼんやりと赤みを帯びて明るい。

東京の街の灯りが、空に映っているのである。

その空に、月がかかっていた。

青い、冷たい月だった。

おそらく、青山のどこかであるはずであった。

渋谷から、それほど車で移動はしていない。

歩き始めて、すぐに、左手へ折れた。

ゆく手に、黒々と、和風の、二階建ての屋敷がある。その少し手前で、左の森の中へ入ったのである。

細い、暗い径《みち》だ。

人の歩幅に合わせて、平らな石を埋め込んである径であった。

池に出た。

黒く沈んだ水の面に、青い月が映っていた。

小さく水音がした。

池の魚が跳ねたらしい。

水の面に波紋が広がって、月がいくつにも割れて揺れた。

池を右手に見ながら、その縁に沿って歩いてゆく。

小さな建物があった。

小さいが、しかし、茶室——と、そう呼ぶには、大きすぎる建物であった。

灯りが点いていた。

窓から、その灯りが外に洩れている。

踏んでいる石が、大きくなった。

その石を踏んでゆくと、小さな木戸の前に出た。

右手に植えられた楓の葉が、頭上に大きくかぶさって、天からの月光を塞いでいた。

腰よりやや高めの木戸を押し開いて、中に入った。

すぐ眼の前が、玄関であった。

楓の梢がかぶさった下に、石灯籠《いしどうろう》があり、そこに、炎の灯りがあった。

灯明皿《とうみょうざら》が、石灯籠の中に置いてあり、火はそこで燃えているのである。

玄関は、木の引き戸であった。

顔の高さに、丸く曇りガラスがはまっていて、その円の左半分に、格子《こうし》が入っている。

一瞬、麻生は、その形に月を思った。

中へ通された。

ぷん、と、鼻に届いてくる匂いがあった。

香の匂いである。

家の中のどこかで、香を焚いているらしかった。
白檀《びゃくだん》系の、香の匂いであった。
あがってすぐに、右手へ廊下が続いていた。
短い廊下であった。
黒い床板が、玄関の灯りだけで、奥まで見てとれる。
その黒い、古い板を踏んでゆく。
板は、麻生の体重を受けて、足の下で、小さく軋み音をあげた。
先に歩いていた男が、足を止めた。
ドアがあった。
どこまでも和風の造りの家の中に、そういう洋風のドアがあるのが、奇妙だった。
木村が、ドアをノックした。
「木村です。麻生さんをお連れしました」
木村が言った。
「入りなさい」
ドアの中から、太い、低い声が響いてきた。
木村が、ゆっくりとドアを押し開け、
「どうぞ」

麻生をうながした。

麻生が入り、木村がその後に続いた。

思いがけなく、そこは、洋室であった。

分厚い絨毯《じゅうたん》が、床に敷いてあった。

部屋の中央に、大きなテーブルが置いてある。

そのテーブルの向こう側、麻生の正面に、ひとりの五十代半ばと見える男が座っていた。

男が座っているのは、木製の椅子であった。

紬《つむぎ》らしい、濃いえんじの和服を着た男であった。

どっしりとした、落ち着いた雰囲気を、その身体の周囲に漂わせていた。

男の背後の壁一面全部が本棚になっていて、そこが、ぎっしりと本で埋まっていた。

天井から下がっているのは、白熱灯であった。

その、赤っぽい白熱灯の光を受けて、本の背表紙が見えているのである。

きちんと整理されている本棚ではなかった。

ハードカバーの上製本も、文庫本も、一緒に並んでいる。並んでいるだけでなく、棚や、本の上に、横に積み重ねてあるものもある。

本は、本棚にばかりあるのではなかった。テーブルの上にも、床の上にもうずたかく本が積みあげられていた。

建物のほとんどを占めているこの部屋が、本のために狭く感じられるほどであった。

ふた昔以上も前の、学者の書斎《しょさい》というイメージがある。むろん、麻生は、そういう学者の部屋を実際に見たわけではない。こんな雰囲気であったのではないだろうかと思うだけだ。

宗教関係や、哲学関係の本や、自然科学書が多かった。

古い、和綴《わと》じの本が、ぎっしりと入っている棚もあった。

洋書や、漢書も混じっていた。

部屋には、その古い本の持つ、埃臭《ほこり》い、独特の臭気が濃く満ちていた。

その空気の中に、あの香の匂いが溶けているのである。

男が、麻生を見つめていた。

「退《さ》がっていい」

男が、麻生を見つめたまま、木村に言った。

「はい」

小さくうなずいて、木村が部屋を出て行った。

ふたりきりになった。

麻生は、男と顔を見合わせたまま、黙っていた。

声を発せないでいた。

不思議な風格のようなものが、男にはあり、麻生は、男のその雰囲気に押されているのである。

「宇野島重吉だ……」

男がつぶやいた。

低い、よく届いてくる声であった。

「麻生誠です」

麻生は言った。

「突然にお呼びだてして、すまなかった――」

男――宇野島重吉が言った。

「いえ」

「そこに、掛けませんか」

宇野島が、自分の正面の椅子を眼で示した。

「はい」

麻生は、前へ進んで、その椅子に腰をおろした。

テーブルをはさんで、宇野島と向かい合った。

そして、その時、ようやく麻生は気がついていた。

この部屋が、洋室ではなく、もともと和室として造られたものであることにである。

床の間があった。

麻生からは右手にあたる方角の壁の一部が、床の間になっていて、そこに床柱が見えていた。

その、本来であれば床の間であるはずの空間に下からぎっしりと人の背の高さくらいまで本が積みあげてあり、それで、床の間が見えなくなっているのである。

そう思って見れば、見えている天井や、柱や、壁は、和室のものであった。

床も、どうやら畳の上に、直接絨毯を敷いたものであるらしい。

テーブルの上を見ると、そこに、無造作にアンモナイトやオウムガイの化石が転がっていた。

左手の窓の近くに、壁に寄せて置かれた台があり、その上に、オウムガイの殻が乗っていた。

麻生は、視線をそちらに移した。

「君は、オウムガイに興味を持っているようだね」

ふいに、宇野島が声をかけてきた。

麻生は、宇野島に視線をもどした。

深い淵のような眼が、麻生を見ていた。

顎の広い、首の太い男だった。

髪をオールバックにしているが、後方に寝かせきれなかった髪が、広くなった額に垂れていた。

「ええ」

麻生は答えた。

「相模水族館の、布引君から、君のことは聴いたよ。何度も、あそこへ通ったそうじゃないか――」

いつであったか、自分に会いたがっている人物がいると、布引が言っていたことを、麻生は思い出していた。

この宇野島というのが、布引の言っていた人物のようであった。

「布引とは、どういう関係なんですか」

麻生は訊いた。

「君と同じさ。儂《わし》も、オウムガイには興味があってね、あそこへ顔を出しているうちに、彼と顔見知りになったんだ」

言って、宇野島は、視線を、テーブルの上に落とした。

「見たまえ」

宇野島が言った。

宇野島の落とした視線の先、テーブルの上に、三つの螺旋が転がっていた。

オウムガイの螺旋がひとつと、アンモナイトの螺旋がふたつである。

化石だ。

その化石のすぐ横に、封を開けたブランデーのボトルと、空のグラスが置いてあった。

宇野島のすぐ前のテーブルの上には、やはりブランデーグラスが置いてあり、その表面に赤い白熱灯の灯りを映していた。

グラスの中には、まだ飲みかけらしい、琥珀色《こはくいろ》の液体が静かに溜っていた。

「その螺旋を見ながら、こいつを一杯やっていたところだ」

宇野島が言った。

宇野島は、ブランデーのボトルを手に取って、空のグラスに注いだ。

「君も、酒を一杯つき合わないか」

ブランデーの入ったグラスを、指先で突いて、麻生の方へ押しやった。

「遠慮はいらない――」

宇野島が言った。

「いただきます」

麻生は、グラスを手に取った。

宇野島も、自分のグラスに手を伸ばし、それを持ちあげた。

「最高の美を持った螺旋に、乾杯しようか――」

麻生が、グラスを持ちあげる。

宇野島が、それに合わせて、持ったグラスを、軽く上に持ちあげた。

唇に触れた途端に、ブランデーの香りがすっと口の中に広がった。

熱さと、まろやかさが、同時に舌を包んだ。

ブランデーの香りと、香の匂いとが、溶け合った。

「そこの螺旋が何であるかわかるかね」

グラスをテーブルの上にもどし、宇野島が言った。

テーブルの上に転がっている三つの化石を、視線で示した。

「オウムガイと、アンモナイトですね」

麻生が言った。

「オウムガイの方は、種類がわかりませんが、アンモナイトの方は、ニッポニテスとハミテスじゃありませんか——」

「やはり、わかるか、それが——」

「ええ」

麻生は答えた。

宇野島を見た。

しかし、視線を向けていられたのはわずかな時間であった。すぐに、その視線をそらせていた。

どうも、ずっと、宇野島と視線を合わせていることができなかった。眼を合わせていると、自分の胸のうちまで、全て見透かされてしまいそうであった。

「今日、ぼくをわざわざ呼んだのは、どういう用件なんですか」

それを訊く間だけ、麻生は、宇野島に視線を向けていた。

言い終えて、テーブルの上の螺旋に眼をやった。

「君と、オウムガイの話をしようと思ってね。それで、君をここに呼んだのだよ」

「オウムガイの話ですか」

「オウムガイにだいぶ興味があるらしいじゃないか」

「――――」

「どうして、君は、オウムガイに興味を持つようになったのかね」

「特別に、理由はありません」

「なんとなくか」

「ええ」

「しかし、なんとなくにしては、その興味がすぎるような気がするな」

「どうしてですか」

「あの相模水族館に通いつめたり、西沢四郎の所まで行ったり……」

「〝オウムガイのエレキテル〟は、あなたが買いとったそうですね。『渦様生物原理』という螺髪の本も――」

「ああ。たしかに、儂が買わせてもらったよ――」

「それは、今、この家にあるのですか」

麻生は訊いた。

宇野島は、微笑した。

「ほら、そういうことにまで君は興味を持っている。いったいどうしてなんだね――」

「――――」

「もしかしたら、君は、どこかで、巨大なオウムガイを見たことがあるのではないのかな――」

「何故、そんなことを訊くのですか?」

「布引が言っていたよ。君から、大きなオウムガイのいる可能性について訊かれたとな」

「――――」

「君はどこかで、その大きなオウムガイを見たか、そういう大きなオウムガイがいるかもしれない可能性について、布引に訊かねばならないようなことを知っているのではないかね?」

問われて、麻生は、答えられなかった。

唇を閉じていた。

「その沈黙は、心あたりがあると、そういう意味に解釈させてもらうよ――」

「――」

「どういう心あたりなのかね」

宇野島が言った。

「話を、急がないで下さい。ぼくの方にも、うかがいたいことはあります」

「なるほど、何かね、それは――」

「逆に、あなたが、何故、ぼくに興味を持っているのか、それを、ぼくは知りたいんです――」

「それは、儂の方の訊きたいこととも重なっているな。この宇野島重吉に、どういう興味を抱いたのかね――」

「――」

「木村から電話で君が来るという連絡をもらった時に聴いたよ。君がここへ来る決心をしたのは、木村が宇野島重吉の代理だと口にしてからだそうだね」

「ええ」

「どうしてかね」

「西沢さんの所で、〝オウムガイのエレキテル〟と、『渦様生物原理』を買ったのが、あなただったからです」

「ほう」

「もうひとつ、木村さんが、公園でぼくを見ていたという白髪の老人のことを口にしたからです。その老人と、どういう関係かと尋ねられました——」

「では、儂があらためてもう一度訊こう。どういう関係なのかね」

「何も関係はありません」

「ほう」

「ぼくが、走っている時に、ぼくを見ていたその老人のことは知っています。しかし、その老人を見たのは、その時が初めてです。仮に、何か関係あるのだとしても、ぼくにはまるで見当がつきません——」

「ふむ」

「でも、どうして、あなた方は、その老人がぼくを眺めていたことを知っているのですか。ぼくか、その老人のことを、あなた方が見張っていたということですか——」

「——」

「今日のことにしてもそうです。ぼくが、〝エレキテル〟に行ったことを知っているということは、ぼくの後を尾行《つ》けていたということじゃありませんか」

「君の言う通りだよ。君が思ったことは、それほど的をはずれてはいない」

「やはりそうですか」

「しかし、その件については、少しおいておこう。別の話をしようじゃないか。君は、〝オウムガイのエレキテル〟の実物を見てみたくはないかね」

「見せてもらえるのですか」

「ああ、君が望むならね」

宇野島は、ブランデーのグラスを手に取って、それを顔の前で小さく揺らした。

そのブランデーの芳香を、楽しむように、眼を細めてから、グラスを口に運んだ。

「お願いします」

「見せよう」

言って、宇野島は、グラスを置き、立ちあがった。

床の間の前まで歩いてゆき、そこにうずたかく積みあげられている本を、手で抱えて横にずらせた。

その陰から、螺旋が覗いた。

床の間の奥に、あの、写真で眼にしたのと同じものが置いてあった。

それを、宇野島が抱えあげた。

宇野島は、もどってくると、それをテーブルの上に置き、また椅子に腰を下ろした。

4

「これが、〝オウムガイのエレキテル〟だ」

宇野島が言った。

「これが……」

麻生は、それを見つめた。

それは、高さが五十センチ余りのものであった。

一番下の箱の部分が、高さ二十センチほどだ。その箱の上面の中心から、金属の棒が伸びている。その棒の長さが十センチ。

その棒の上に、大きなオウムガイの殻が乗っていた。

下の箱の横に、手でまわすハンドルのようなものがついていた。

「触ってもかまいませんか――」

麻生は訊いた。

「かまわんよ」

宇野島が、おもしろそうな眼つきで、麻生を見ていた。

麻生は、まず、箱に触れた。

それを軽く持ちあげて、手前に引き寄せた。
思ったよりも軽かった。
五キログラムはあるにしても、十キログラムはあるまい。
——七キログラムか。
箱は、どうやら漆塗《うるしぬ》りのようであった。
そして、表面に白く模様が描かれている。
螺旋の模様だ。
よく見れば、その模様は、箱の表面に埋め込まれた螺鈿《らでん》で描かれている。
かなり凝った造りであった。
麻生は、ハンドルを握った。
錆《さ》びた鉄に、木の柄がついたハンドルだ。
それをゆっくりとまわしてみる。
ちょっとひっかかりがあったが、軽くそのハンドルがまわった。
何もおこらない。
「何なのですか、これは？」
麻生は訊いた。
「さて、君にはそれが何に見えるね」

逆に、宇野島が訊いてきた。

「わかりません」

「それが、壊れているからだよ」

「ええ、そうみたいですね」

「その、殻をよく見たまえ」

「このオウムガイのですか」

「そうだ」

言われて、麻生は、オウムガイを見つめた。

オウムガイは、立てて、そこに取りつけられていた。水中を、後ろ向きにオウムガイが移動するのと同じ姿勢である。

オウムガイは、その殻の入口を、やや上向きかげんに、麻生の方に向けていた。

麻生は、気がついた。

そのオウムガイの殻に、縦に、一本の筋が入っているのである。

引き寄せて見ると、その筋は、オウムガイの殻を、輪切りにするような形にきれいにその中心に沿って一周していた。

「見たかね」

宇野島が言った。

「そのオウムガイは、いったん、縦に割られて、その後、もう一度元の形に張り合わされたものだ」

「調べたのですか？」

「ああ。一度、分解して、それをもう一度、もとにもどしたのがそれさ」

「それで、何かわかりましたか」

「少しはな」

「教えていただけますか」

「原理としては、簡単なものだ。そのハンドルをまわして、電気をおこし、それを、上のオウムガイの殻に送るという、それだけのね――」

「で？」

「しかし、何のためかというのが、わからんのだよ」

「どうしてですか？」

「オウムガイまで電気を送るのはわかるのだが、それを、どういう風にオウムガイの内部に伝わらせたのか、それがわからないのさ――」

「――――」

「オウムガイの内部の方にあるはずの線か部品かが欠落しているのさ」

「欠落？」

「偶然か、わざとやったのか、そこまではわからないがね。オウムガイの内部は傷だらけで、どこにどう線なり部品なりがあったのか、その見当がつかん」

「内部に、その部品が落ちてはいなかったのですか――」

「ない」

「ということは――」

「つまり、自然に壊れたというよりは、誰かがわざと、そういう風にしたということだろうな」

「誰が?」

「さて。平賀源内本人かもしれないし、他の誰かということもあるだろうな――」

言いながら、宇野島は、自分のグラスに、ブランデーを注いだ。

ゆっくりと、それを口に運び、遠い眼を、宙にさまよわせた。

うっとりと、何か、酒とは別のものに酔っているようであった。

「螺旋は、美しい……」

低くつぶやいた。

「オウムガイの螺旋は、その中でも特に美しい。なあ、きみ――」

宇野島は、グラスをテーブルの上に置き、麻生を眺めた。

「――」

「オウムガイの螺旋は、どうして、このように美しいのだろう……」

「――――」

麻生は、答えずに、沈黙したまま、宇野島の次の言葉を待った。

「それは、あの形のなかに、神が宿っているからなのだよ。いや、神の力が、あの形の中には宿っているからなのだよ――」

言ってから、宇野島は、小さく首を振った。

「いや、そうではないな。違う……」

また、ブランデーを口に運び、グラスをテーブルにもどした。

「神の力が宿っているから、美しいのではない。美しいから、それが完璧であるから、神の力がそこに宿ってしまうのだ――」

「――――」

「この国には、昔から、形が似れば、魂が宿るという考え方がある――」

「魂？」

「そうだ。たとえば、そこに、人の形に似た石があるとするな。すると、その石には、人の魂が宿るということだ」

「はい」

「その石が、人に似ていれば似ているほど、その魂の質も、人に近いものになる。形だけではない、その材質さえも似せてゆき、完璧に似せてしまえば、それはもはや、人と同じものだ……」

「――――」

「しかし、石を完璧には人に似せることはできない……」

「ええ」

「犬に似たものには、犬の魂が、虫に似たものには虫の魂が……。そして――」

宇野島は、そこで、言葉を切った。

麻生を見た。

「――そして、神に似たものには、神の魂が宿るのだ」

「――――」

「信じなくていい。儂も、信じて言っているのではない。想像だ。想像してものを言っているのだよ。しかし、そう考えねば、螺旋の持つ神秘力を、どのように理解したらいいのかね――」

「神秘力ですか?」

麻生が訊くと、宇野島は、麻生を見て微笑した。

「君には、わかっているはずだ。この世界は、皆、螺旋の運動系から成り立っている。そうだろう、君も考えたはずだ。螺旋のことを。死ぬほどに考えたはずだ。そういう人間であれば、儂の言う意味はわかろう。遺伝子の構造は？　星雲の形はどうだ。電子でさえ、原子核の周囲をスピンしている螺旋運動体だ……」

「わかります」

麻生は答えた。

知っている。わかっているのだ。

遺伝子の持つ二重の螺旋構造のこともむろん知っている。

そうなのだ。

今、宇野島の言ったあれもこれも皆、これまで頭の中で考え続けてきたことであった。

「つまり、螺旋は、神に似ていると、そうおっしゃるわけですね」

「そうだよ。まさしく、君の言う通りさ」

「その神の形に最も近づいたのが、オウムガイの螺旋であると？」

「そうだ」

宇野島は、うなずいた。

またブランデーを口に運び、グラスを手に持ったまま、宇野島はテーブルの上の、三つの化石を見つめた。

「麻生くん――」

言った。

麻生を見た。

「そこの螺旋を見たまえ。それが、太古の海の中で、自らの生命を、神の形に近づけようとした生き物たちだ——」

「はい」

「なあ、麻生くん……」

宇野島は言って、視線を、遠く虚空にさまよわせた。

「どうして、アンモナイトは滅びてしまったのだろうね」

「——」

「どうして、同じ環境に生きていた、同じような生活体系を持った生き物のうち、一方は滅び、一方は生き残ったのかね——」

「アンモナイトと、オウムガイのことですね」

「そうだ。君も、不思議に思うだろう。何故オウムガイが生き残って、アンモナイトは滅びてしまったのだろうかね——」

「——」

「それはね、アンモナイトが、螺旋として、不完全であったからだよ。だから、アンモナイトは滅んだのだ。オウムガイは、螺旋として完全であった。だから、オウムガイは、生き残ることができたのだよ」

宇野島の声が、熱っぽくなっていた。

顔の色は、いくらも酔ったとは思えなかったが、宇野島の声の調子が強くなっていた。

「昔、月が、地球にもっと近い場所にあったらしいという説が、かなりの信憑性をもって、学者連中の間で考えられているのを知っているかね――」

「何かで、耳にしたか、読んだことがあるような気がします」

「月はね、君、一年間に、およそ二センチずつ、この地球から遠ざかってゆくのだということが、きちんとした実験の結果として出ているのだ」

「――」

「それは、月に置いてきた鏡に、レーザーを反射させて、それがもどってくる時間を計測することによって確認されたのだが、それより遥か昔に、同じことを唱えていた学者がいる」

「――」

「しかも、それは、天文学者ではない。ただの生物学者の息子だ。誰だと思うね……」

宇野島が訊いた。

「誰なんですか？」

「ダーウィン――あのC・ダーウィンの息子が、その説を唱えたのだ」

「本当ですか」

た。

「ああ」

宇野島は言って、グラスのブランデーを飲み干して、グラスをまたテーブルの上に置いた。

空になったグラスにブランデーを注ぐ。

しかし、ブランデーの入ったそのグラスに、宇野島は手を伸ばさなかった。

麻生を見ていた。

「彼は、特別な機械を使って、月と地球との距離を調べたわけではない。まるで、別のものを調べることによって、その事実にゆき当ったのだよ」

「別のものというのは、何なのですか――」

麻生は訊いた。

「オウムガイさ」

宇野島は言った。

「オウムガイの化石を調べて、彼はそういう結論に達したのだよ――」

5

G・H・ダーウィン――。

『進化論』で知られるC・ダーウィンの息子だ。

物理学者である。

彼によれば、地球創成当時――およそ四十億年前、月と地球とは、ひとつの運動系であったという。彼の計算によれば、月と地球は、およそ四時間たらずの周期で、互いに自転し合っていた。

そのため、地球の潮汐作用は、現在とは比べものにならないほど強大であった。ために、地球の回転周期は、ゆっくりと四十億年をかけて、長いものになってきたのだという。

「わかるかね」

宇野島重吉は、麻生の眼を見すえながら、言った。

「つまりだ。潮の満ち引きによる、海水と地殻との摩擦が、地球の自転にブレーキをかけたのだ」

「その説なら、どこかで読んだ記憶があります」

麻生は言った。

宇野島は、うなずいた。

「その際に消失する、地球の回転エネルギーの一部が、月を、地球から少しずつ遠ざけているのだよ」

「それと、オウムガイの化石と、どういう関係があるのですか」

「いそぐことはない」

宇野島は、テーブルの上のオウムガイを手に取った。

その黒い螺旋を握り、しみじみとそれに眼をやった。

「美しい……」

つぶやいた。

「いったい、なんという神秘な螺旋だろうかね」

宇野島は、もうひとつの螺旋に手を伸ばした。

ひり出したばかりの糞のような螺旋——小動物の脳を、そのまま化石にしたような形状のもの——。

アンモナイト——太古の昔に、海の底で絶滅した種の化石だ。

「見たまえ、この悪魔的《デーモニッシュ》な形状《かたち》を——」

「——」

「これは、進化の袋小路だ。完璧な美を有したオウムガイの螺旋に比べて、凶《まが》まがしささえ感じられるではないか——」

言ってから、宇野島は、小さく首を振った。

「いや、儂の感覚をそのまま君に押しつけるつもりはないよ。あるいは、この形状も、ひとつの美の在り方ではあるのかもしれないからね。しかし、美ではあるにしても、それは滅びの美だ……」

　宇野島は、眼を閉じた。

　自分の言葉を噛み締めるように、唇を閉じ、やがて、眼を開き、唇を開いた。

「この螺旋の中には、宇宙が閉じ込められている」

「宇宙？」

　麻生が言うと、宇野島は、微笑した。

「いや、もう少し具体的に言おう。この中には、月が閉じ込められているのだよ」

「月が？」

「そうだ。君は、オウムガイがどのようにして成長してゆくのか、それを知っているかね
――」

「どのようにですか」

「教えてあげよう。オウムガイは、月を喰べるのだよ。オウムガイは、海の底で、月の時間を喰べながら成長してゆくのだ」

「――――」

「オウムガイにも、年輪がある。いや、正確に言うなら、年輪ではなく、月輪がね」

「月輪？」

「オウムガイはね、成長しながら、その殻の気房《きぼう》に、毎日ひとつずつの年輪に似た筋を刻

みつけてゆく。そして、その刻み目の数は、通常で一気房に二十九──」

「それは、つまり月の──」

「公転周期と同じということだ」

「──────」

「G・H・ダーウィンは、化石種のオウムガイの、その刻み目を数えたのさ。すると、古生代の地層から出たそのオウムガイの一気房にある刻みの数は──」

「いくつだったんですか」

「九つ」

「じゃあ、当時は九日間で、月が地球の周囲をまわっていたということですね」

「その通りだよ」

深くうなずいて、宇野島は、ふたつの螺旋をテーブルの上にもどした。

麻生は、黙ったまま、宇野島を見つめていた。

身の内が震えてくるような感覚があった。

実際に身体が震えているわけではない。

しかし、麻生は、震えの感覚を味わっていた。それは、おそらく、感動と呼べるものであったのかもしれない。

──月の時間を喰べながら成長してゆく螺旋。

その言葉の意味が、麻生には理解できた。

海の底で、オウムガイは、どのようにして月の動きを察知できたのか。

――重力。

ひとつには、月の引力があろう。

その引力によってひきおこされる、潮汐作用も関係があるかもしれない。

オウムガイだけではない――と、麻生は思う。

生命そのものがそうなのだ。

生命そのものが、その進化の過程で、月を刻みつけてきたのだ。

月の重力による潮の満ち引きがなければ、もしかすると、この陸上に、生命はいなかったかもしれない。いや、いたにしても、それはもっと別の存在形態であったろう。少なくとも、進化はずっと遅れたものになっていたはずである。

潮の満ち引きにより、それまで海底であった場所が、定期的に、大気にさらされることになる。

そうして、選ばれた種《もの》が、大気に適応しながら、海からこの地上に這いあがってきたのだ。

我々は――。

と、麻生は想った。

我々は、海から来たものだ。

我々は、月に呼ばれて、海からこの地上にやってきたものだ。

どこへゆくのか。

と、麻生は思う。

我々は、生命は、海から来てどこへゆこうとしているのか。

その麻生の思いの中に、宇野島の言葉が割って入ってきた。

「君に伝えておくことが、もうひとつ、あったよ」

「何ですか」

「オウムガイがね、また捕れたそうだよ。今日の昼にね」

「本当に？」

「ふたつだ。オオベソオウムガイ。捕れたのは、鹿児島と茨城県の小名浜でね」

宇野島は、ブランデーを、また口に運んだ。

「何故、ですか」

麻生は訊いた。

「何故？」

「何故、オウムガイが、こんなにたて続けに日本にやって来るのですか」

「何故だろうね」

宇野島は、グラスを、テーブルに置いた。

「知ってるのですか」

その質問に、宇野島は答えなかった。

麻生を見つめて微笑しただけであった。

淵に似た眼が、さらに深みを増したようであった。

「あなたが、西沢さんから手に入れた『渦様生物原理』という本のことなら、訊いてもかまいませんか」

麻生は言った。

「どういう質問かね」

「それは、どのような本なのですか」

「題の通りさ」

「題の通り？」

「螺旋について、書いてある。この世界に存在する螺旋についてな。螺髪というのは、凄い男だぞ――」

「凄いとは？」

「たとえば、台風のようなものまで、渦様のものであろうと、そういう風なことを書いてある」

「──────」

「凄いのはそれだけではない。螺旋のことを書きながら、この世界の在様《ありよう》というか、ものの存在についても、独自の考え方をしている」

「どのような」

「たとえば、物質についてだ」

「物質？」

「螺髪は、ものというものは、三つのものから構成されていると、その本の中で言っている」

「三つのもの？」

「空間と、時間と──」

そこまで言って、宇野島は唇を閉じた。

麻生を見た。

「空間と時間と、それから何なのです」

「業《ごう》だ」

宇野島は言った。

「螺髪は、物質というものは、〝空間〟と、〝時間〟と、そして、〝業〟とからできていると、そう『渦様生物原理』の中で書いているのだ」

「業……」

「向こうの言葉で言えば、カルマだな」

重い声で言って、宇野島は言葉を切った。

わずかな沈黙であった。

「他には？」

麻生は言った。

「他に？」

「他には、どのようなことが書いてあったのですか」

麻生が訊くと、はっきりした微笑が、宇野島の口元に浮いた。

「訊きすぎだよ」

「訊きすぎ？」

「そうだ。君には、すでにだいぶ話した。本来話してもいいと、儂が考えていたよりも多くのことをな」

「そうですか――」

ふと、麻生は思い出していた。

〝エレキテル〟を出るその間際に、西沢が言った言葉であった。

「まからびと、というのが『渦様生物原理』の中には、出てくるらしいですね」

麻生は言った。

「ほう……」

宇野島の眼が、一瞬、すっと細められた。

「どこで、君はそのことを知ったのかね」

「西沢さんからです」

「どこまで、あの男から聴いた？」

「その言葉だけです。摩訶螺人と書くらしいですね――」

〝父がね、ある時、こういう漢字を書けるかと、わたしに言ってね、書かせたことがあるんですよ〟

思い出したことがあると言って、西沢がその話をしたのは、麻生が、席から、一度腰を浮かせて帰りかけた時であった。

それで、西沢が紙に書いたのが、〝摩訶螺人〟という文字であった。

〝父が教えてくれたんです。それで、今もその字は書けるんですが、それはどうも、あの本に載っていた言葉じゃないかと思ってるんですがね〟

西沢はそう言ったのである。

〝摩訶〟は、『摩訶般若波羅蜜多心経』――俗に、『般若心経』と呼ばれるもののタイトルの最初の二文字である。

サンスクリット語では、〝マハー〟である。

マハーには、大きな、偉大なという意味がある。

そこまで、西沢は、麻生に語ったのであった。

「江戸時代に、螺旋を信仰していた人々がいてね、彼等をその名前で呼ぶのだよ。まから、びとね」

「信仰と言いますと？」

「まあ、たとえば、徳川幕府が滅びるだとか、そういうような教説を持っていたらしいな」

「初めて耳にしました」

「ここまでだな」

「――――」

「言えるのはここまでだ」

宇野島が言った。

きっぱりとした言い方であった。

「さて、麻生君。さっきも言ったが、儂は君に、予定していた以上のことを話した」

「――――」

「今度は君の番ではないかね」

「ぼくの?」

「そうだ。次は、君が儂に教えてくれる番ではないのかね」

「何をですか」

「さっき、儂が質問したことをさ。君は、どこかで、大きな螺旋を見たのではなかったのかね」

「――――」

「答えてもらいたいものだな」

宇野島は、麻生の眼を、鋭い眼光で睨んだ。

「見ました」

言って、麻生は眼を伏せた。

「見たか?」

宇野島の眼が、一瞬、鋭い光を帯びていた。

声が大きくなっていた。

「はい」

「どのくらいの大きさのものだ?」

「直径で言うなら、四メートル前後であったような気がします」

「どこで見た?」

「――――」

「君は、そのオウムガイをどこで見たのかね」

「正確には、オウムガイの化石です」

「だから、それをどこで見たのかね」

「――――」

麻生は答えなかった。

それまで言ってしまっては、麻生は全てを語ってしまうことになる。

「何故言わない。儂は、かなりの情報を君には与えたはずだが――」

「今のが、ぼくの知っていることの半分近くです。それ以上を話すわけにはいきません」

「何故だね」

「そんな気がするだけです。逆に言えば、ぼくが知っていることを全部話してしまったら、あなたから新しい情報を教えてもらえなくなってしまいそうですから――」

「なるほど」

宇野島は言った。

苦笑していた。

「君に関しては、別のことも、こちらは耳にしているしな」

「別のこと？」

「たとえば、君が、未来を見ることができるといったこととかね」

「未来？」

「布引くんから聴いたよ。妙な実験をしたらしいじゃないか」

「――――」

「どうだった？」

「何がですか」

「その時の布引の反応だよ」

「驚いてました」

「いや、驚くのはいいさ。儂が訊きたいのは、彼が信用したかどうかということでね」

「未来が見えるということについてですか」

「そうだ」

「信用はしていないようでした。逆に心配されました」

「そうだろうさ。それが、あの男――いや、普通の人間の反応というものだよ」

「宇野島さんはどうなんですか」

「信じてもいいな」

　あっさりと宇野島は言った。

「宇野島さんの言葉をかりれば、普通の人間の反応ではありませんね」

「そういうことになるかな」

「信じるだけのものが、宇野島さんにはあると、そう考えていいということですか」

麻生は言った。

宇野島は、黙ったまま、肯定とも否定ともつかない笑みを浮かべただけであった。

「どうかね」

宇野島が言った。

「何でしょう」

「未来のことだが、儂と君の未来がどうなっているか、見えるかね」

「見えません」

「見えない？」

「未来といっても、見えるのは、ほんの二秒かそこらの未来です。それも、今は見えません」

「ほう、どうしてだね」

「布引から、あの晩のことは聴いたんじゃないんですか」

「〝深海魚〟で、実験をして、吐いた晩のことかい」

「そうです。あの晩から、見えなくなりました」

「未来が？」

「そうです」

麻生は言った。

宇野島を見た。

見つめ合った。

しばらくの沈黙があった。

「ありがとう」

ふいに、宇野島が言った。

麻生を、宇野島の眼が見ていた。

「今夜は楽しかったよ」

「ぼくもです」

「次に会う時には、君が口にしなかった、残りの話も聴かせてもらえそうな気がするよ」

「約束はしません」

「いいさ。これで終りじゃない。我々は、これから何度も会えることになりそうだしね——」

宇野島が言った。

「帰ってもいいんですね」

「いいとも。木村に送らせよう——」

言って、宇野島は、何かを思い出したように、片手をあげた。

「ああ。ひとつ、まだ、君に見せるものがあったことを思い出したよ」

「何ですか」

「たしか、君には、つき合っている女性がいるらしいが――」

「――」

「五木小夜子さんと言ったかな」

低い声だった。

宇野島は、和服の懐に右手を差し込んで、そろりとその手を抜き出した。

人差し指と中指との間に、一枚の写真がはさまれていた。

「それは、この女性かな」

麻生に見えるように、それを、テーブルの上に置いた。

小夜子の写真であった。

小夜子が、麻生も知っている、勤め先のオフィスがあるビルの出口から、私服姿で出てくるところを撮ったものであった。仕事が終って、帰るところらしい。

「これは？」

「いや、それを君に差しあげようと思ってね――」

「どういうことなんですか」

麻生の声が高くなった。

どうして、宇野島が、小夜子のことを知っているのか。

どうして、このような小夜子の写真を撮ったのか。

どうして、それを、今、ここで自分に見せるのか。

「特別な意味はないよ。これを、君に差しあげたい。それだけの意味だ」

「ぼくを脅しているのですか」

「脅す?」

宇野島の声が、細く、小さくなった。

優しげな微笑さえ、宇野島はその唇に浮かべていた。

「穏やかじゃない言葉だよ、脅すというのはね」

宇野島が立ちあがった。

「ありがとう。今夜は、楽しい晩だったよ――」

宇野島重吉は、優しい笑みを浮かべたまま、言った。

転　象

——それもろもろの佛界《ぶっかい》に
無量無邊《むりょうむへん》のかたちあり

1

宇野島重吉は、静かに座っていた。
胡座《あぐら》である。
濃い、えんじの紬《つむぎ》を身につけている。
畳の上だ。
暗い部屋であった。
宇野島の右手の壁に、丸い障子窓があり、その障子が、青白い光を帯びていた。
どうやら、月光が、その窓に差しているらしかった。
その窓の明りが、青く部屋に満ちていた。
青い闇だ。

十二畳ほどの広さのその部屋の中央に、宇野島ではない、もうひとりの男がいた。

僧衣の男であった。

僧衣の男は、宇野島に背を向けて、そこに座っていた。

静かな部屋であった。

ふたりのたてる呼吸音さえ、耳にはとどいてこない。

聴こえてくるのは、外で鳴いている虫の音《ね》ばかりである。

蟋蟀《こおろぎ》。

邯鄲《かんたん》。

鈴虫《すずむし》。

草雲雀《くさひばり》。

すでに、秋の虫の音が混ざり始めている。

まるで、虫の声は、月光にまぎれて、障子紙を透かして部屋の中にとどいてくるようであった。

宇野島と、その僧衣の男以外に、その部屋には誰もいなかった。

僧衣の男も、胡座をかいているように見えるが、宇野島とはやや違っている。

胡座——ではなく、結跏趺坐《けっかふざ》である。

その姿勢のまま、さっきから長い時間が過ぎている。

男の背すじは、きちんと伸びていた。

男は、頭を剃髪していた。

虫の音以外の音が、その部屋に混ざった。

僧衣の男の呼吸音であった。

わずかに、男の呼吸が荒くなっていた。

男も、宇野島も動かない。

僧衣の男も、宇野島も、座蒲団を使ってはいない。どちらも、直接、畳の上に坐っているのだった。

――青い闇。

深い海底を思わせる闇であった。

その中に、白檀《びゃくだん》系の香の匂いが満ちていた。

やがて、荒くなっていた男の呼吸が、再び静かになった。

耳に入るのは、再び、虫の音ばかりとなった。

その虫の音の中に、ふいに、人の声が響いた。

宇野島の声であった。

「素石《そせき》よ――」

僧衣の男の名を呼んだ。

「どうであったかな」

「見えませぬわい」

僧衣の男――素石が言った。

ゆっくりと、素石が振り向いた。

年齢不詳の顔であった。

四十代とも、五十代とも見える顔だ。

「夢は、捜せなんだか？」

宇野島は、素石の顔を見つめながら、言った。

「はい」

素石が答えた。

「素石の螺観法《らかんほう》をもってしてもだめか――」

「完璧な螺旋《らせん》を頭に思い描くというのは、めったなことで、できる技ではありません」

「しかし、どうやら、それができる男がいるらしい」

「麻生誠、ですか」

「うむ」

「何か、よほどのことがあって、脳裏に、完璧な螺旋を刻みつけてしまったのでしょう」

「だろうな」

「我々が、何年もの修業で、やっとたどりついた場所に、ある日、ふいに、何かのきっかけで、たどりついてしまう男もいます」

「麻生が、そういう男のひとりなのであろうな」

「未来が見えるとか――」

「そういう話だ」

「だいらさまとの接触もなしにですか？」

「そこまではわからぬさ。そういう可能性もあるということだ」

宇野島は言った。

「会いたいものです」

「すぐにも会えようさ。その気になればな」

宇野島は、小さく微笑した。

「それよりも、今の話をしましょう」

「今？」

「夢のことです」

「捜せなんだのではなかったか」

「捜せはしませんでしたが、近くまではゆけたような気がします」

「一度逃がすと、なかなか、次の機会《チャンス》はめぐってこないものだが――」

「はい」

「で、まだ、眠っているのだな」

「はい。眠りながら、起きているというか――」

「夢を見ているのではないのか」

「だいいらさまにとって、夢ということは、現実ということでありましょうから」

「そういう言い方もできるか」

「はい」

素石は、小さく顎《あご》を引いて、うなずいた。

素石を見ながら、宇野島は、遠い眼つきになった。

素石の顔から、ゆっくりと視線が上にあげられ、暗い天井の、さらに上に向けられた。

長い沈黙があった。

やがて、

「夢かよ……」

小さく、宇野島重吉はつぶやいた。

2

女の身体は、抱き締めても、抱き締めても、遠くへ行ってしまいそうだった。

肌をどんなに密着させても、どんなに力を込めても、どこかに透き間があるようであった。その透き間から、女の身体が逃げてゆく。

いや、もしかしたら、遠くへゆこうとしているのは、女の身体ではなく、自分の身体なのかもしれないと、麻生は思った。

小夜子の身体は、蛇のようだった。

熱い肌の蛇だ。

その蛇の肌が、麻生の身体の下でうねる。

肌を合わせてゆくうちに、互いの肉が、どんどん相手に馴《な》じんでゆくようであった。

柔らかな肢体は、どのようなかたちをとることもできた。

窮屈な姿形《かたち》ほど、小夜子の快感は、深いらしかった。

小夜子の肉体を自由に折りたたんで小さくすると、それはまるで、螺旋のようであった。

その上に重なってからみ合う自分の肉体もまた、螺旋であった。

ふたつの螺旋が、もつれ合って動くと、ベッドの内部の螺旋《スプリング》が軋《きし》む。

二重の螺旋がほどけ、ひとつずつになって横たわったのは、三十分は経ってからであった。

麻生の左肩に、小夜子の頭が乗っている。

麻生の右手は、小夜子の左の乳房の上に乗せられていた。指先が、まだ堅いままの乳首に触れて、動いている。

小夜子の肉体から、快感を掘り起こそうとする動きではない。

螺旋がほどけた後の、ゆったりと動いてゆく時間を、指先で確認しながら味わっているのである。

時間は、凪《な》いでいた。

「だんだん慣れていくのね」

小さく、小夜子が麻生の肩口で囁いた。

「慣れる？」

麻生が訊くと、肩の上で、小夜子がうなずいた。

「心とか、身体とか……」

「ああ」

低く、麻生はうなずいた。

うなずきながら、もう、何度目になるのだろうかと、ふと、思った。

耳の奥に、あるかなしかの、痛みがある。

痛みというより、温度とか、重さとかいうものに近いようなもの。

「怖いわ」

小夜子が言った。

「怖い?」

「慣れていくのがよ」

「どうしてだ?」

「慣れるってことは、それだけ新鮮でなくなっていくってことでしょう」

「慣れるというのと、飽きるというのとは違うよ」

麻生は言った。

小さく、小夜子が笑った。

「どうした?」

「あなたの言い方が、とってもうまいからよ——」

「——」

「つい、安心しそうになるわ」

小夜子の左手が動いた。

胸の上で動いていた麻生の右手を、小夜子の左手が捕え、動きをやめさせた。

「なに？」

麻生は訊いた。

「出しおしみよ」

「出しおしみって――」

「この手が、わたしの胸に飽きてしまわないようによ」

麻生の右手が、小夜子の左手の下から抜け出した。

その手が、小夜子の右胸に移動する。

「片方ずつだ」

麻生は言った。

手に少し力を込めた。

「これなら、二倍もつ――」

「ばか」

暗い部屋だった。

さっき、ふたりで入った浴室のドアがわずかに開いていて、そこから、点けっ放しの浴室の灯りが漏れてくるだけだ。

麻生の耳に、不思議な痺れがあった。

耳の螺旋が、痺れている。

麻生は、昨夜のことを思い出していた。

宇野島重吉のことだ。

つかみどころのない人間だった。

これまでに知っている、どういうタイプの人間とも違っていた。

妙に、人を魅きつけるものがあるかわりに、その同じ量だけ、どこかに怖いものを秘めていた。

そして、あの写真だ。

小夜子の写真である。

——あれは、脅しだ。

そう思う。

おまえに女がいることは知っているのだぞという、意味のものだ。

おまえの女が、どこに勤めているか、どこに住んでいるのか、どういう生活をしているのか、そういうことを、みんな知っているぞという意味のものだ。

その気になれば、この写真の女——小夜子に対してどういうこともできるぞと、そう言っているのと同じだ。

だから——。

だから、螺旋のことを話した方がいいと、そう言外に告げているのである。

得体の知れない道に、すでに足を踏み出してしまったらしかった。

知らない山、地図もない山に、何の装備も持たずに、足を踏み入れてしまったようであった。

もう引き返せない道だ。

その予感がある。

しかし、これは、自分の山だ。

そう思う。

迷うにしろ、遭難するにしろ、おれの山だと思う。

昨年登った、マチャプチャレと同じだ。

たとえ、途中で雪に閉じ込められようと、自分で踏み出した山なのだ。

だが、その見知らぬ山に、この小夜子を連れてゆくわけにはゆかなかった。

いつの間にか、小夜子の呼吸が荒くなっていた。

乳房と乳首を触られているうちに、小さな悦びのうねりが、身体のどこかに始まったらしかった。

そのうねりが、ゆっくりと大きくなってくる。

——耳の奥の、甘い痛み。

痺れとも、熱ともつかないものだ。

蝸牛《かたつむり》の形をした、小さな器官。

そこで、やがて始まろうとしているもののことを、まだ、麻生は知らなかった。

ふたりの温度があがり、肉体が、再び、ゆっくりと螺旋と化してゆく。

ふたりは、二重螺旋になった。

3

深い、闇だ。

暗い、虚だ。

螺旋は、夢を見ていた。

螺旋は、業《ごう》を見ていた。


麻生が、その男に気づいたのは、駅の改札を出て、五分もしないうちであった。

ひとりの男が、後方から尾行《つ》けてくるのである。

改札を出た時には、二十数人いた人間が、出た途端に左右に分かれ、半分になっていた。

線路をはさんで、向こう側とこちら側に分かれるためである。

その半分になった人間が、さらに駅前で半分になる。

駅前に残る人間と、足を止めずに歩いてゆく人間とに分かれるためである。

駅前に残った人間のうち、何人かは、タクシー乗り場へ足を向け、それよりやや少ない数の人間が、駅前のラーメンの屋台の前に足を止めた。

駅前に残らないで歩いてゆく人間に、ラーメンを食い終えた人間や、酒臭い息を吐きながら、駅前でうろうろしていた人間や、便所から出てきたらしい人間が合流する。

深夜だ。

終電の、二本か三本手前の電車でその駅を降りると、いつも見える風景がそこにある。

通りに出ると、そこでまた人間は、左右に分かれることになる。

ここまでくると、どちらの方向が何人とかいう数字は、その日によっていろいろだ。

四人くらいの人間が、同じ方向に足を向ける時もあるし、一人と三人に分かれることもある。

麻生は、左へ足を向けた。

シャッターの降りた、駅前の商店街通りだ。

道幅も広くはない。

車は、麻生が足を向けている方向へゆくだけの、一方通行である。

路地から、時おり、数人の酔っぱらいが出てきたり、男女が、立ち止まったままじっと身を寄せ合っていたりする。

街灯が、ぽつん、ぽつんと立っている。

そんな通りを、三分も歩き、角をひとつかふたつ曲がれば、いつの間にか、人の数が少なくなり、灯りの数も減っている。

麻生が、その男に気づいたのは、ちょうどそんなあたりであった。

自分のアパートまでの、三分の一余りを歩いたあたりである。

後方から、足音がついてくるのである。

乾いた、革靴の音だ。

その音に気づいた途端に、その音が、さっきからずっと自分の後方で聴こえていたことを思い出したのだった。

麻生は、足を止めて、後方を振り返った。

そこに、男が立っていた。

麻生が足を止めるのと同時に、動くのをやめたのだ。

細身で、長身の男であった。

黒いズボンに、半袖のシャツを着た男であった。

男の眼が、麻生に注がれていた。

麻生を意識していることは、間違いがなかった。

尾行していたことを、隠そうともしない。

もし、尾行であるなら、麻生に合わせて、あからさまに足を止めたりはしない。

背を向けて、麻生は、また歩き出した。

同時に、背後からまた靴音が響く。

間違いはなかった。

しかし、どうして、こうもあからさまなのか。

——宇野島重吉。

あの男だと思う。

宇野島が、自分の後を尾行させているのである。それ以外には考えられなかった。

しかし、後を尾行《つ》けるとしても、何故こうまであからさまなのか。

——そうか。

と、麻生は思う。

これは、彼等の、デモンストレーションなんだ。

いつでも、きみの行動は知っているよという意味の、デモンストレーションなのである。

——となると。

小夜子にも、同じ尾行がついているかもしれないということだ。

麻生の足が、自然に速くなっていた。

最初は、どきりとし、次に、腹が立ってきた。

いったい、いつから尾行されていたのか。
小夜子と、ホテルに入る前であったのか、それともその後か。
ホテルの前からだ。
そう思う。
ホテルを出てくるところを、偶然に見つかったとは考えにくい。
ホテルを出てから、ふたりで軽い食事をとり、新宿の駅で小夜子と別れている。
写真のことは、最後まで小夜子には言い出せなかった。
近いうちに、また連絡すると言って、別れたのだ。
〝くそ〟
麻生は、歯を嚙んだ。
何故、こんな目にあわねばならないのか。
指が、何本かないとは言え、体力には自信がある。
走って、逃げることもできる。
奥歯に力がこもった。
ぎし。
と、耳の奥で、螺旋が軋んだ。

螺旋は、眠っていた。
螺旋は、眠りながら眼醒めていた。
螺旋は、眠りながら眼醒め、現《うつつ》を夢見ていた。
螺旋は、眠りながら眼醒め、現を夢見、月を貪っていた。
螺旋は、眠りながら眼醒め、現を夢見、月を貪り、そして、成長を続けていた。
螺旋は、進化力であった。
進化力は、螺旋であった。
螺旋が貪っているのは、正確には、月の業である。
月の因果である。
月の虚空である。

麻生は、走っていた。
糞。
と思う。
腹が立っていた。
走りながら、何故、自分は走らねばならないのかと考えていた。
糞。

山はやめない。
ふっと、頭の中を、そんな想いが疾り抜ける。
怒っていた。
怒りながら走っていた。
何のために走るのかと思いながら走っていた。
後方から、足音がついてくるのがわかる。
その足音も、走っている。
何故、逃げるのか。
そう思う。
逃げたところで、結局、もどるのは自分のアパートだ。
アパートの場所は、尾行者には知られていよう。
尾行者を撒《ま》いたところで、どうにもなるものではなかった。
右側が、レンガの塀であった。
もう少し先で、そのレンガ塀がとぎれている。
その角を右に曲がれば、アパートまでは真っ直ぐだ。
その角を曲がった。
曲がって立ち止まった。

角のすぐ近くのレンガ塀に、身体を寄せた。
尾行してくる男を、そこで待ち伏せてやるつもりだった。
その男に、何故、自分を尾行するのか、訊く。
答えねば、殴ってでも言わせるつもりだった。
歯を噛んだ。
歯を噛んで立った。
足元を見た。
アスファルトの上に、影があった。
自分の影であった。
短い、丸い影であった。
街灯の灯りの影ではなかった。
天を見あげた。
月が出ていた。
青い、さえざえとした満月が、中天にあった。
ふと、麻生は、尾行者の足音がしていないことに気がついた。
どうしたのか。
すっと、レンガ塀の陰から、足を踏み出した。

眼の前に、ひとりの男が立っていた。

どきりとした。

尾行者ではなかった。

見たことのある顔であった。

白髪の、和服を着た老人が、そこに立って、微笑を浮かべて、麻生を見ていた。

公園で、ジョギングをしている麻生を眺めていた、あの老人であった。

ただ、そこに立って微笑しているだけなのだが、不思議な存在感が、その老人にはあった。

老人の足元に、ひとりの男が倒れていた。

麻生を尾行していた男であった。

「やっと会えましたねえ」

老人が言った。

「あなた……」

麻生は言った。

「平賀源内といいます」

老人は答えた。

りん……

輪廻のかたちは、螺旋である。
進化のかたちは、螺旋である。
その時、大いなる螺旋は、月の夢を見ていた。

第二部

想　象

――月によりて輪廻《めぐ》る因果《いんが》と螺旋《らせん》の物語

1

深い、闇だ。
暗い、虚だ。
螺旋は、夢を見ていた。
螺旋は、業《ごう》を見ていた。
螺旋は、眠っていた。
螺旋は、眠りながら眼醒めていた。
螺旋は、眠りながら眼醒め、現《うつつ》を夢見ていた。
螺旋は、眠りながら眼醒め、現を夢見、月を貪《むさぼ》っていた。
螺旋は、眠りながら眼醒め、現を夢見、月を貪り、そして、成長を続けていた。

螺旋は、進化力であった。
進化力は、螺旋であった。
螺旋が貪っているのは、正確には、月の業である。
月の因果である。
月の虚空である。
輪廻《りんね》のかたちは、螺旋である。
進化のかたちは、螺旋である。
その時、大いなる螺旋は、月の夢を見ていた。

2

深い、橅《ぶな》の森であった。
山の斜面に、橅の森が果てしなく続いているのである。
風は、ない。
しかし、橅の葉は、あとからあとから舞い降りてくる。
凄い黄葉の数であった。
頭上を、幾億、幾十億の橅の黄葉が覆っていた。

そこから、風もないのに、葉が舞い降りてくるのである。葉が、自分の重さすら、すでに支えきれなくなっているのである。

——いったい、どのような瞬間が、枝から葉が離れることを決めるのだろうか。

頭上から降り注ぐ葉の中で、源造は、ふとそんなことを思った。

風という意志によらず、どのような意志がそれを決めるのか。

ついに、力尽きて——そういう印象はない。

いつであったか、山に入り始めた頃に、源造も似た経験をしたことがある。

崖から、足を踏みはずして落ちたのだ。

そうだ、茸《きのこ》を採っている時だ。

崖の端から、宙へ斜めに突き出た倒木の上に木耳《キクラゲ》があるのを見つけたのだ。

枝が落ち、幹だけになった倒木だ。

その幹も、途中で折れ、そのまま枯れた樹であった。

倒木とは言っても、根の一部はまだ岩の間に残っていた。

危険な場所であった。

しかし、大量の木耳を見て、注意力が落ちていたのだ。

それで、雨でゆるんでいた岩を踏んでしまったのである。

落ちた。

崖から落ちる途中で、松の枝にぶら下がった。崖の岩場に根を張った松が、宙に伸ばしていた枝に、夢中でしがみついたのだ。

崖をずるずると落ちる途中で、一度、腰が岩にあたり、その岩を滑って、さらに遠くの空中に放り出された。そこから本当の落下が始まったのだ。

落下が始まってすぐに、身体がその松の枝に触れた。その松の枝にしがみついたのだ。

枝を抱えようとした。

しかし、落ちる勢いが強く、枝を抱えきれなかった。片足だけは、なんとかからめることができたはずだ。しかし、その片足もすぐにはずれてしまった。

枝を抱えたと思った時、その腕と足に、落ちてゆく自分の体重が加わったのだ。それで、足がはずれ、腕も滑り、なんとか、右手と左手で、その枝にぶら下がったのだった。

細い枝だった。

それで、からめただけの腕と足が、下にしなった枝を滑ったのだ。滑りきる前に、両手で枝をつかみ、身体を支えたのだ。

枝にからめた腕と足で、落ちる速さを殺していたからこそできたことであった。

下は、谷川であった。

足の遥か下方で、水が渦を巻いていた。

大雨を降らせた台風が、去ったばかりの頃だ。

すでに、水は澄みはじめていたが、水量は普段の倍はあった。

向こうから流れてきた水が、源造の下で崖にぶつかり、そこで大きく曲がっていた。

青い水が、大きくうねって渦を造っていた。

青い、水の螺旋――

あのように綺麗な渦――螺旋を、それまで源造はみたことがなかった。

真下に見えるその螺旋に、自分の身体が吸い込まれそうな気がした。

腰に下げた籠から、採った茸がこぼれ、その水の螺旋の中に呑み込まれてゆくのが見える。

そこへ落ち、自分もあの螺旋の中に吸い込まれたら、どんなに気持ちよかろうか――

落ちることへの恐怖の中には、確かにそんな思いが混じっていたように思う。

その、ひそかで、甘美な誘惑に負けたわけではない。

しがみついて、がんばった挙句に、ついに、指の力が尽きたのだ。

尽きた途端に、指は枝から離れたのだ。

離れて、螺旋に落ちた。

水中に引き込まれた。

水中で、もみくちゃにされた。

水を大量に飲んだ。

呼吸ができない。

気が遠くなって、ついに、意識が途切れた。

そして、気がついたら、下流の中州へ、身体が打ちあげられていたのである。

あの時の自分のようなのだろうか——

と、源造は、舞い落ちる葉を見ながら思った。

しがみついて、しがみついた挙句に、ついに力が尽きて、自分の指は枝から離れたのだ。

自分の意志で、枝から離れたのではない。

落下への、微かな甘い誘惑があったことはわかる。その誘惑に負けたわけではない。

しかし、手が痺れ、腕が棒のように堅くなり、ついに落ちたその瞬間、背を疾り抜けた恐怖の中には、甘美なものがありはしなかったか。

耐えることから解放された悦びのようなもの——自分の肉体が、ほんの一瞬にしろ、宙に解き放たれて自由になった悦びを、自分は、あの瞬間に味わいはしなかったか？

葉は、どうなのだろう。

そんなことを、源造は思っている。

葉も、枝から離れるその時、あの、一瞬の甘美な思いを味わっているのだろうか。

むろん、そんなことはわかりもしない。

わかるも何も、葉が、そのようなことを想うわけもないと、源造は思う。

おれは、この森の風景の中に映じた、自分の想いを見ているだけなのだ。

森の底一面に、橅の葉が積もっている。

熊笹さえ、その葉に埋もれそうになっている。

踏み出してゆく足が、柔らかく落葉の中に潜り込む。

踏んでも、踏んでも、その底の見当がつかない。力を込めればいくらでも足は落葉の中に沈んでゆきそうであった。

楓《かえで》のあざやかな赤が、橅の中に混じっている。

紅葉《もみじ》の紅《べに》が、橅の落葉の上に点々と散っている。

落葉と、その落葉の下の腐蝕土の匂いが、森の大気の中に溶けている。

その大気を、源造は、鼻孔から吸い込み、ゆるく吐き出しながら歩いていた。

午後であった。

森の上部の、橅の葉は黄色く陽光を浴びて光っている。

森の底まで届いてくる陽光もあった。

木の間を透して、斜めに降りてきた太い光の柱の中で、橅や、紅葉の葉が光っている。

山に入って、すでに、半月が過ぎていた。

一頭の熊を追っているのだ。

ただの熊ではない。

牛ほどの大きさの熊だ。
これまでに、二十人余りの人間を殺している。
その二十人余りの人間の中には、源造の妻と、ふたりの娘も混ざっている。
七歳の雄熊だ。
伝蔵《でんぞう》と呼ばれている熊だ。
伝蔵というのは、源造の父親の名だ。
父の飼っていた熊が、今は、その父の名で呼ばれているのである。
父が、七年前に、その熊を見つけた時のことは、よく覚えている。
七年前の春——雪の中であった。
その時、源造は、まだ二十六歳であった。
死んだ妻の多江と一緒になったその翌年であったはずだ。
父の伝蔵と一緒に、兎《ウサギ》の罠を仕掛けに出ていた時だ。
森の中だ。
大きな岩に、巨大な橅の樹が二本、からみつくようにして生えている場所だ。
その近くに、兎の通り道がある。
そこへ、罠を仕掛けようとした時、連れていた犬の黒丸が、急に激しく吠え出した。
黒丸の唇がめくれて、黄色い牙が見えていた。

伝蔵と源造は、黒丸の吠えかかる方向へ眼をやった。

岩の方であった。

岩にからんだ樹の根と樹の根の間の、岩の下に積もった雪が動いていた。

その雪の下から、黒いものが現われた。

熊であった。

ちょうど、熊が、冬眠から醒めて外へ出てくるのに、源造と、父の伝蔵は出会ってしまったのである。

伝蔵も、源造も、猟師である。

ふたりとも銃を用意していた。

その銃で、冬眠から醒めたばかりの雌熊を撃ち殺したのだ。

その雌熊の死体の下から現われたのが、小さな子供の熊であった。

雌熊は、冬眠の最中に、穴の中で子を産む。普通、産まれる子の数は、一頭か二頭である。そして、冬の間を穴の中で過ごし、春になって、親子で外へ出てくるのである。

その時、出てきた子熊は、一頭だけであった。

逃げる素振りも見せず、その子熊は、母熊の血で濡れた身体を、伝蔵にこすりつけてきた。

伝蔵は子熊を撃てなくなった。

それで、伝蔵は、その子熊を飼うことになったのである。

伝蔵が五十五歳——源造が二十六歳の時のことである。

その子熊は、よくなついた。

「猟師が獲物を撃てなくなっちゃあ、お終《しめ》えだな」

伝蔵は、その年に、一線から身を引いた。

前年——源造が多江と一緒になった年に、伝蔵は、三十年間連れ添った妻、つまり源造の母を病で亡くしている。

気持が弱くなっていた。

いずれ、大きくなったら山へ放す——そういうつもりで飼っていた熊であった。

しかし、飼っているうちに、情が移った。

秋が来る頃には、熊の方も、伝蔵になついて、放してももどってくるようになった。

伝蔵は、熊に名をつけた。白い胸の三日月模様が、ちょっと歪《いび》つなことから、伝蔵はその熊を月欠《つきかけ》と呼んだ。

とうとう冬がきた。

家の裏山に穴を掘り、そこに藁《わら》を敷いてやり、月欠を、そこで冬眠させた。

そうして、三年、月欠を飼い、三年目の秋に伝蔵は死んだ。

山へ茸を採りにゆき、倒れたのだ。

倒れて、三日後に、あっけなく死んだ。

「おれが死んだら、山に埋めてくれ」

それが、死ぬ間際の伝蔵の言葉であった。

源造は、約束通りに、伝蔵の屍体を山の中に埋めた。

月欠は、その頃には、それまで源造が見たどの熊よりも大きくなっていた。

月欠は、伝蔵の屍体を埋める時にもついてきた。

伝蔵が埋められ、帰る時になっても、月欠は、伝蔵が埋められた土の上から動こうとしなかった。

そのまま、月欠をそこに残し、源造は家にもどった。

その夜も、その翌日も、そのまた翌日も、月欠はもどって来なかった。

山へもどったのだろうと、源造は思った。

しかし、伝蔵の埋められた土の上から、いつまでも動こうとしない月欠が、妙に気になっていた。

伝蔵によくなついていた月欠であった。

これほど、熊が人になつくのかと思ったほどだ。

夜行性であるはずの熊が、人と同じように、昼に起き、夜に眠った。夜は、伝蔵が添寝をしてやらないと、眠らないほどであった。

しかし、なついたのは、伝蔵に対してだけであった。

月欠は、源造にも妻にも、ほとんどなつかなかった。

あれほど伝蔵になついていた月欠が、その家族にはなつかない。

その月欠が、今どうしているのか。

銃を持って、源造は山に入った。

妙に胸騒ぎがした。

伝蔵を埋めた場所まで来た時、源造は声をあげていた。

伝蔵を埋めた土が、掘り返され、その上に肉片が散らかっていた。

伝蔵の肉であった。

——月欠がやったのだ。

と、源造は思った。

月欠が、伝蔵の屍体を土の中から掘り返し、伝蔵の屍体を喰ったのだ。

月欠の姿はどこにもなかった。

月欠は、伝蔵の屍体を喰い、そのまま山へ姿を消したのだ。

伝蔵を慕う余りに、伝蔵の屍体を喰った——というより、もっと別の、底にこもった怖ろしいものを見たような気が、源造は、した。

屍体の散らかり様が、それをもの語っているようであった。

それが、四年前であった。

その年のうちに、妻の多江が身籠った。

翌年、子を産んだ。

女の子であった。

名を、およし、とつけた。

次の子も、女の子であった。

名は、おみつ。

年子であった。

最初の事件が起こったのは、その、おみつが産まれた翌年の秋であった。

つまり、一年前である。

それまで、源造は、月欠の姿を見なかった。

月欠の姿を見たという噂も聴かなかった。

大きな熊であった。

いなくなった四年前よりも、さらに大きくなっているはずであった。

誰かが仕留めるか、山でその姿を見るかすれば、源造のところまでその噂くらいは流れてくる。その噂がない。

どこへ行ってしまったのか。

そういう時に、事件が起こった。
山ふたつむこうの村人が熊に襲われて、喰われたのだ。
山菜採りに出ていたひとりの老人が、熊に襲われて喰われたのだ。
老人の帰りが遅いと、心配して山へ出かけた息子が、その屍体を発見したのだ。
屍体に残っていた爪跡や、周囲に残っていた足跡から、熊とわかった。
しかし、そこに残っていた足跡は、巨大であった。
普通の熊の倍近くはあった。
その年のうちに、十人を越える人間が、その熊のために殺された。
中には、食事中に、家族四人が襲われて死んだりもした。
熊を追って、山へ入った猟師も、逆にその熊に襲われて死んでいる。
残っていた足跡から、全て、同じ熊の仕業とわかった。
屍体は喰い散らかされ、肉片があちこちに散乱していたという。
——月欠ではないか?
その話を耳にした時、源造はそう思った。
三つの村から、熊狩りのための猟師が集められた。
二十人の人間が、そのために集まった。
犬と、人が、山に入って熊を追った。

勢子《せこ》が、熊を追い、その熊が逃げてくる場所を予想して、そこへ銃を持った人間が待機する。その場所は、普通は、谷の斜面を登った、森の中の尾根である。

谷から、別の谷へと熊が逃げてゆく時に、尾根を越える。そこを、銃でねらうのだ。

しかし、その熊は、そのやり方では仕留められなかった。

銃を持った人間が待っている場所へ、熊はやって来なかった。

やって来たのは、猪と、別の熊だけであった。

追われながら、巨熊は、別の巣穴にいた別の熊を追い出し、その熊を犬に追わせたらしかった。

狡猾な熊であった。

犬すらも騙した。

ある時には、追って来る犬を、途中で待ち伏せて殺す。

ある時には、銃を持って待機している猟師たちの背後に、ふいに熊が現われ、逆に四人の猟師がその熊のために殺された。

その時に、その熊を見た者がいた。

熊が、襲うために立ちあがった時、胸の白い月の印を見た。その、本来は三日月型をしているはずのその白い月の印が、歪つな形状をしていたという。

それで、その熊が、月欠とわかったのである。

しかし、猟師たちは、その熊の名までは思い出さなかった。

〝伝蔵が、何年か前に飼っていた熊〟

それはわかる。

〝伝蔵の熊〟

そう呼ばれているうちに、いつか、その熊は、伝蔵と呼ばれるようになっていたのである。

伝蔵のところで飼われていた熊であるなら、その狡猾さも、理解できる。

月欠は、伝蔵に飼われ、人間に一番近い場所で、人間のことを見てきたのである。

源造は、次第に、周囲の人間から、白い眼で見られるようになった。

最初の被害者は、伝蔵の屍体を喰われた源造の家であるという言い方もできるが、そう思われていたのは最初の頃だけであった。

今年に入って、下の村に被害が出るようになると、あからさまないやがらせをされるようにもなった。

おまえの親父の伝蔵を喰って、あの熊は人の肉の味を覚えたのだ——家族を、月欠に喰《くら》われた人間のひとりは、そう言った。

おまえのところで飼っていた熊だ、おまえが始末をつけろと、そうも言われた。

源造もそのつもりであった。

そのつもりで、銃と、犬を連れて何度も山へ入ったが、月欠と出会うことはなかった。
月欠の方が、自分を避けているのだと、源造は思った。
ついに、山で、月欠の足跡を見つけたのは、三カ月前であった。
巨大な足跡であった。
源造が両手を広げてその上に乗せても、まだ足跡の方が大きい。
山に入って、三日目の時である。
新しい足跡であった。
一昨日の晩に、雨が降っている。
雨は、昨日の早朝には止んでいるから、その後につけられた足跡ということになる。
犬の黒丸が、その足跡を追った。
足跡は、山を下っていた。
追ううちに、妙な不安が源造を包んだ。
その足跡が、ただ、真っ直ぐに、ある方向を目指していることがわかったからである。
源造の家の方向であった。
足が早くなった。
追ううちに、不安は、確信に変わった。
月欠は、間違いなく、自分が昔、飼われていた家を目差している——そう思った。

糞——

首筋の毛が、髪の毛ごと逆立つような恐怖が、源造を包んだ。

全力で、疾《はし》った。

家には、妻の多江と、ふたりの娘がいる。

三歳と、二歳になる娘だ。

さらに、多江の腹の中には、新しい子供までいる。

来月には、生まれるはずの子であった。

走るうちに、源造は思った。

ことによったら、月欠は、わざと、自分の足跡を、発見されるような場所に記したのではないか。

誰が、自分の後を追っているのか、月欠は知っていたのだ。

それで、足跡をつけ、自分の後を追わせるようにしたのではないか。

そうに違いないと思った。

源造は、顔を歪めて疾った。

今にも泣き出しそうな顔に見えた。

3

家の前に立った時、源造は、声をあげた。
家の戸が、大きく割れて、内側に倒れていた。
凄まじい力の一撃が、その戸を割ったのだ。
悲鳴をあげて、家の中へ飛び込んだ。
入ってすぐ、およしの屍体があった。
頭が、噛み潰され、内臓が喰われていた。
顔で、およしとわかったのではない。
身体の大きさから、それが誰とわかったのだ。
その三歩向こうに、二歳のおみつが倒れていた。
倒れていたといっても、それは、首の無い上半身だけであった。
腰から下も、なかった。
おそらく、逃げるところを、後方から頭部を横なぐりに一撃されたのであろう。
それだけで、幼児の頭部は、消し飛び、ただの肉塊になる。
もとの頭部の残骸らしき肉が、白い骨と共に、おみつの首のあたりに残っていた。

すぐ横の柱に、血まみれた肉片と骨片が、大量の髪の毛と共にへばりついていた。

声もなかった。

下半身の無いおみつの屍体は、殺された後で、月欠が犯していったように見えた。

さらに奥へゆくと、そこに、おみつの下半身があった。脚が失くなっている、白い、小さな丸い尻だけが、そこに転がっていた。

青い、尻の蒙古斑の痣《あざ》の形が、痛ましい。

囲炉裏の前の床に、多江の屍体があった。

多江の屍体は、ほとんど原形をとどめていなかった。

月欠は、女の身体については、特別な執着を持っているようであった。

まず、内臓を掻き出して、それを喰う。

喰わない時には、掻き出した内臓を、きれいに、屍体の横へ並べてゆく。

多江の場合もそうであった。

内臓がきれいに掻き出され、多江の横に並べられていた。

両の乳房が齧《かじ》られて、失《な》くなっていた。

その他は、ほとんど、無傷であった。

多江の顔は、無傷であった。

傷ひとつ無い多江の顔が、苦痛に歪んでいた。

歯をむいていた。

自分の妻が、こんなにおそろしい表情ができるのかと思うくらい、凄まじい顔であった。

屍体と、掻き出されて並べられた多江の内臓を調べた。

ひとつだけ、見つからないものがあった。

多江の子袋《こぶくろ》であった。

月欠は、多江の子袋ごと、中の胎児を喰べたのだ。

あまりの惨劇であった。

源造は、泣くことも、声を出すことも忘れ、長い間、そこへ突っ立っていた。

4

樵の落葉を踏み締めながら、源造は、三月前の、その光景を思い出していた。

いつでも、その光景は鮮明に思い出すことができる。

しかし、いくら思い出しても、涙は出て来なかった。

それが、不思議であった。

あんまり、極端な感情に襲われると、人とは、むしろ静かに沈黙するものらしい。

そんなことを、源造は考えている。

あれから、自分の妻と子供の屍体を、自分で焼いた。
焼いて、その骨を土の中へ埋めた。
灰になれば、土を掘り返されたところで、もはや喰われることはないはずであった。
そして、家に火を放った。
それから、三月、月欠との、山中での闘いが続いているのである。
山を降りるつもりは、源造にはない。
月欠を殺すか、それとも月欠に殺されるか、このまま山で死ぬかだ。
そのどれでもよかった。
月欠を殺したところで、もう、生きる望みはない。
月欠を殺したら、自分も死ぬつもりでいた。
その覚悟が決まっていた。
そして、山の中を源造は、月欠を求めて歩いているのである。
そして、ついに、この山域に入って、七日前に、月欠の足跡を見つけたのであった。
その時から、ずっと、月欠の跡を追い続けているのである。
これまで、入ったことのない山であった。
歩いていた、源造は、ふと死を思った。
死を思うと、頭に浮かんでくるのが、あの時の、水の渦であった。

りん……

小さな音が、耳の奥でしたように思った。

その時、源造は、柔らかなものを踏んでいた。

源造が踏んだもの——

それは、小さな、無数の螺旋——蝸牛《かたつむり》であった。

源造の周囲の草の中に、おびただしい数の蝸牛が、這って動いていた。

四六判あとがき

宇宙とは何か――

これは、おそらく、問いとして正しくないのかもしれない。問いとしては、漠然としすぎていて、答をさぐるための矢印さえ、その問いの中にはない。

無限に関する問いがそうだ。

過去の長さと、未来の長さに関する問いがそうだ。宇宙の果てに対する問いかけや、最大や最小に対する問いかけがそうだ。

神とは何か――

この問いもまた、宇宙に関する問いかけと同様の不完全さを、その裡に内在させている。

咲く花の意味を問う作業も、人間という存在の意味を問う作業もそうだ。

完全な答が欲しいのなら、正しい問いを発しなければならない。正しい問いの中には、答の一部が含まれているものであり、真に正しい問いの中には、答そのものさえ含まれているはずだからである。

正しい答が欲しいのなら、正しく問わねばならない。

2＋3＝5

このように、問いと答とは、本来イコールで結ばれるべきものでなければならない。もし、正しい答が得られないのであれば、それは、その問いを構成する言語が不完全だからではあるまいか。もしかすると、新しい概念を持つ単語をいくつか、もしくは新しい文法をいくつか発見するだけで、〝宇宙とは何か〟という問いを、答そのものにまで近づけることは可能であるかもしれない。

密教でいうところの真言《しんごん》というのは、あるいはそういう試みの中で生まれてきた言語であるのだろう。

宇宙とは何か――

その正しい問いだか答だかを捜すための入口近くに、どうやらぼくはいるらしい。それも、正面からの入口ではなく、横の方に開いている透き間のような入口である。

宇宙とは何か――

そういう問いとは別に、宇宙を理解するための方法がどうやらあるのかもしれない。

たとえば、それは、次のようなものだ。

〝宇宙が好きだ〟

〝宇宙を愛している〟

そういう、問いでも答でもない方向に、極めて私的な道が用意されているようなのである。

宇宙とは何か、という問いに、どういう風にうまくギブアップしてしまえるかということは、ぼくにとってはかなり重要なことであった。

〝宇宙は、ぼくにとってこころよいか〟

そういうような問いに置きかえることによって、見えてくる宇宙のかたちや、新しい宇宙との関係もありそうなのだ。そして、ぼくは、そういう道に、すでに踏み込みかけているらしい。それも、かなり以前からだ。

山に登る、という単純な行為が、その宇宙に対する問いであったり、答であったりする場合もあるのだ。

刻とは何か――

そう問われた時に、今年野田さんと一緒に下った、白夜の天の下を、ゆったりと流れてゆくユーコン川の風景が、自然に脳裏に浮かんでくる。言葉では言えない。ならば、頭に浮かんでくるその風景が答なのだ。それは、極めて個人的な答ではあるけれども――。

ぼくの中に、ずっと昔からくすぶり続けてきた〝宇宙とは何か〟という問いに、もしかしたら、ぼくはぼくなりの方法で答えられるのではないかと漠然と考えるようになったのは、何年か前からである。

物理的な方法を、ぼくはそのための武器として持ってはいない。

ぼくの持っている武器は、唯一、言葉である。

もうひとつには、山だ。

言語感覚。

表現。

描写。

単語。

レトリック。

そして、山。

そのようなもので、論文ではなく、物語というわくの中で、自分流の宇宙論をやれるのではないかという、野心とも、望みともつかない、ささやかなたかぶりがあったのである。

仏教用語のいくつかは、ぼくにとっては、この宇宙を語る時に、どのような数式にも増して、宇宙とは相性がよかった。仏教用語と、文章上の表現《やりかた》を武器にして、そういう物語をやれるのではないかと思っていたのだ。

〝螺旋〟という言葉の発見が、そのきっかけとしてはあったのかもしれない。

本書は、ごく私的な、夢枕獏風の、断片的宇宙論である。

完全な問いではないにしても、問いとしておもしろい、こころよいものであろうとしたものである。

実は、今年の夏に、ある雑誌の仕事で小松左京さんとお話する機会を得たのだが、その時、ぼくが驚いたのは、小松さんが、いまだに、

〝宇宙とは何か〟

そのような問いを、少年のように胸にひめていることであった。

こいつは感動的なことだった。

いつかおれもと思いながら、これまでのらくらと逃げ続けてきたのだが、ようやく覚悟が決まった。

おれもやる。

しかし、物語にはこだわりぬくという、おれ流のやり方でだ。

糞。

恥かしいあとがきになっちまったじゃねえかよ。

昭和六十二年十一月四日　小田原にて

夢枕　獏

新書判あとがき

『月に呼ばれて海より如来《きた》る』は、熱心な読者のいる作品であった。

続編は？

という手紙が、年に何通かは必ず届くからである。

続編が、これまで書かれなかったのは、スタートを予定していた雑誌が休刊になってしまったためであり、他意はない。

実は、続編については、一回だけ、江戸編を書いている。

今回の新書判には、その江戸編の第一回を収録することにした。

今後、続編の書かれる予定についてだが、それについては、この本の構成から話をしておかねばならない。

江戸。

現代。

未来。

と、もともとは三部作のつもりでいたのがこの作品であり、未来編でやろうとしていたことは、実は『混沌の城』でおおむねやってしまったのである。

もちろん別の作品ではあるのだが、中核となるアイデアは同じである。

江戸編については、いずれ書くことになる『大江戸恐竜伝説』（仮題）で、いくつか『月に――』用のアイデアを使うことになっている。

そういうわけで、この続編については、やるとすればこれまでとはまったく違うスタイルで、書かれることになると思うのだが、書かねばならない他の作品で、十年くらいはびっしりと埋まってしまっているのである。

どうか、長い目でお待ちいただければ幸いである。

どうしても続きを早く書けという声が多数あるようであれば、この順番待ちの順位を多少いじることも考えたい。

一九九九年八月七日　小田原にて
夢枕　獏

章のタイトルに関しては、序象については『月の魔力』（A・L・リーバー／東京書籍）を、転象については宮沢賢治の詩を、それぞれ参考にさせていただきました。

●参考文献

『オウムガイの謎』（小畠郁生・加藤秀／筑摩書房）
『世界神秘学事典』（荒俣宏編／平河出版社）

解　説

細谷正充

夢枕獏の膨大な作品の中で、もっとも格好いいタイトルは何か。そう聞かれたら、私は迷わず『月に呼ばれて海より如来《きた》る』と答える。書店で初めて本書を手にしたとき、何て格好いいタイトルなんだと感動したことを、今でもよく覚えている。そして本を買って帰り、家で読み始めて、別の意味で感動することになる。まさか、こんな話だとは思いもよらなかったからだ。

本書は最初、「小説ｃｉｔｙ」一九八七年一月号（創刊号）に、『月に呼ばれて海より来たる』のタイトルで、序象の部分が掲載された。その後、『月に呼ばれて海より如来《きた》る』と改題し、同年の八月号から十一月号にかけて連載し、十二月に廣済堂出版より単行本が刊行される。タイトルは『月に呼ばれて海より如来《きた》る〈第一部〉』であった。なお「小説ｃｉｔｙ」創刊号の掲載分のラストに「読者の方へ――」という一文が付されており、「これは何やらとんでもない話になりそうです。

続きは、残念ながら、しばらく先からということになりそうですが、次回からいよいよ本編の始まりで、場所は日本の江戸。

平賀源内《ひらがげんない》のあたりからという予定です。

ひと味変わった伝奇ものに、進化、時間、といったものをうまくかみあわせられれば、いいと考えているところです。

とてつもない話というの、わしは好きだなあ」


と記している。一九九九年十月に新書になった際、タイトルを『月に呼ばれて海より如来る』に改め、「小説c・i・t・y」一九八八年十二月号に掲載された第二部が収録される。しかし第二部の江戸編はこれ一回だけであり、平賀源内は後に執筆された『大江戸恐龍伝』で、主役を務めることになる。また「新書判あとがき」にあるように、未来編でやろうとしたことは『混沌の城《カオス》』に結実した。夢枕獏事務所編の『仰天・夢枕獏 特別号』に収録されている一九九八年のインタビュー「螺旋・最終小説への道標」の中では、

「『混沌の城』の第一巻目、つまり今出ている分が、『月に呼ばれて海より如来る』という作品の三冊目に当たるんですよ、ぼくの感覚では。全然別のものだったんだけども、三冊目はああいった話になる予定だった。『混沌の城』を書いたことによって、『月に呼ばれて

海より如来る』は書かなくてもよくなっちゃったんですよ」

と語っている。「新書判あとがき」で、続編への意欲が示されているが、このような経緯を知ると、未完となる可能性が高い。事実、物語は先が気になるところで終わっている。だがそれにもかかわらず、本書は途轍《とてつ》もなく面白いのだ。

　物語の主人公は、登山家の麻生《あそう》誠《まこと》。ネパールヒマラヤの登頂を企てた、四人のメンバーのリーダーだ。挑むのは、現地語で〝魚の尻尾〟を意味するマチャプチャレ。かなり強引な方法で登山を開始した麻生たちだが、頂上まで三百メートルもない地点で、悪天候による足止めを食らう。メンバーの木島《きじま》透《とおる》は亡くなり、麻生は雪崩《なだれ》に巻き込まれた。それでもひとり頂上を目指す麻生。頂上近くで夥《おびただ》しいアンモナイトの化石と出会い、さらには頂上で巨大なオウムガイの化石を見るのだった。

　アンモナイトもオウムガイも、海の底に生まれた〝螺旋〟の生き物である。かろうじてマチャプチャレから生還した麻生は、意識に螺旋を刻み込まれ、オウムガイを見るために何度も相模水族館に通う。そしてオウムガイの飼育・研究を担当している布引達雄《ぬのびきたつお》と親しくなった。一方で、登山を止《や》めることもできない。鈴の音のような幻聴を耳にするようになった麻生は、さらに南アルプスでオウムガイの化石を手に入れてから、二、三秒先の未来を見るようになった。また、不思議で壮大な螺旋のイメージも抱く。そして布引から、平賀源内が作ったかもしれないオウムガイのエレキテルの話を聞いた麻生は、曲折を経て現在の持ち主である宇野島重吉《うのしまじゅうきち》と相まみえるのだった。

第一部は、麻生の前に現れた老人が、平賀源内と名乗るところで終わる。木島の妻だった五木小夜子《いつきさよこ》との恋愛や、次々と日本に流れ着く生きたオウムガイなど、幾つものエピソードが織り成され、ストーリーの行方が気になってならない。第二部の江戸編は、本当に触りだけなので、詳しく紹介することは控えよう。『月に呼ばれて海より如来る』という物語の着地点は、おぼろにしか見えてこない。

だが、作者の目指したものは、想像することができる。もっとも重要な手掛かりは〝螺旋〟だ。作者は、螺旋に強いこだわりを持ち、本書の他にも、第十回日本SF大賞を受賞した『上弦の月を喰べる獅子』や、『混沌の城』で、螺旋を大きく扱っている。おっと、作者の詩と、天野喜孝の絵を組み合わせた詩画集『螺旋王』も忘れちゃいけない。

螺旋は作者にとって、重要なテーマである。ただし、格闘・登山・釣り・将棋のような明確なテーマとは、違った場所に位置していると思う。だったら螺旋とは何だと問われると、説明するのが難しい。本書の中に、「もとより、言葉ではない。／それを言葉にしようとしている。／言葉にできない」という文章があるが、まさに作者の裡《うち》に言葉にできない根源的なものがあり、それを表現する手段として螺旋があるのではなかろうか。

そもそも螺旋は平面では成立しない。螺旋であるためには、必然的に立体になる。そして人間は螺旋を思うとき、上へ上へと伸びていくイメージを抱く。別に下に向かってもいいのだが、人間はその性《さが》として、上に伸びるイメージを脳裏に浮かべるようだ。作者はそこに、時間や進化を見たのだろう。人間の業を見たのだろう。あるいはこの世界の森羅万《しんらばん》象《しょう》を見たのかもしれない。麻生の螺旋を求める遍歴を通じて、作者はそのすべてを描き尽くしたかったのだろうと、私は思うのである。なお作者が好んで登山など〝上に登る話〟を書くのも、ここに理由を求めることができる。

さらに、月について考えたい。『仰天・夢枕獏 特別号』収録の、一九八六年のインタビュー「螺旋・彼方の天竺《てんじく》」の中で、

「みんな螺旋だっていう感じがしますね。地球がまわっているのも螺旋ですし、月なんか螺旋の象徴ですしね。月がなかったら、人間なんて進化しませんでしたからね。月があって、潮の満ち引きがあって、海から這《は》い出たものが進化したわけですから」

と語っている。本書も含めて作者の著書には、タイトルに〝月〟の入っているものが少なからずある。作者の月に対する、強いこだわりはどこから来るのか。螺旋が上へ上へと伸びるのなら、行き着く先は宇宙だろう。その宇宙の象徴が月なのではないか。そう、作者の月は、螺旋のみならず宇宙をも象徴しているのである。

周知のように作者は〝宇宙〟も、重要な題材としている。いや、最終的なテーマといっていい。なぜなら宇宙こそが、すべてを内包するからだ。作者は、たくさんの物語を積み重ねることで螺旋を描き、そこに至ろうとしているのである。
だから本書が未完であっても嘆くことはない。他の多くの作品によって、螺旋は繫がっているのだから。月に呼ばれて進化し、ここまで来た人類は、これからどこまで行くのだろう。夢枕獏の作品を通じて、その行く末を見届けたいものである。

二〇二二年一〇月

本書は2001年7月に刊行された徳間文庫の新装版です。
なお本作品はフィクションであり実在の個人・団体などとは一切関係がありません。

徳間文庫

月《つき》に呼《よ》ばれて海《うみ》より如来《きた》る

〈新装版〉

2022年12月15日 初刷

著者 夢《ゆめ》枕《まくら》獏《ばく》

発行者 小宮英行

発行所 株式会社徳間書店

東京都品川区上大崎三—一—一 〒141—8202

目黒セントラルスクエア

電話 編集〇三(五四〇三)四三四九

販売〇四九(二九三)五五二一

振替 〇〇一四〇—〇—四四三九二

印刷
製本 大日本印刷株式会社

ISBN978-4-19-894803-0 (乱丁、落丁本はお取りかえいたします)